秋灯琐忆

外两篇

（清）蒋坦 著

张秋寒 译

中国友谊出版公司

图书在版编目（CIP）数据

秋灯琐忆 ：外两篇 / （清）蒋坦著 ；张秋寒译. —
北京 ：中国友谊出版公司，2019.4
ISBN 978-7-5057-4643-5

Ⅰ. ①秋… Ⅱ. ①蒋… ②张… Ⅲ. ①古典散文—散
文集—中国—清代②《秋灯琐忆》—译文 Ⅳ. ①I264.9

中国版本图书馆CIP数据核字(2019)第057356号

书名 秋灯琐忆：外两篇
作者 （清）蒋坦
译者 张秋寒
出版 中国友谊出版公司
发行 中国友谊出版公司
经销 新华书店
印刷 三河市冀华印务有限公司
规格 700×980毫米 32开
8印张 171千字
版次 2019年12月第1版
印次 2019年12月第1次印刷
书号 ISBN 978-7-5057-4643-5
定价 45.00元
地址 北京市朝阳区西坝河南里17号楼
邮编 100028
电话 （010）64678009

如发现图书质量问题，可联系调换。质量投诉电话：010-82069336

目录

“青年作家新译最美经典”总序

时光深处，风骨宛然

将《世说新语（上、下）》《陶庵梦忆》《浮生六记》《秋灯琐忆（外两篇）》四本书结集为“青年作家新译最美经典”，找当代青年作家重新翻译全文的策划思路，一开始只是灵光一现。某日无意中想到《世说新语》，一连串就想到了另外三本书，出于直觉，觉得“大概可以这样做吧”，便深入挖掘下去，而在落实过程中，它们之间的内在联系一丝丝浮现出来，一点点验证了这个直觉。

众所周知，《世说新语》是南朝刘宋政权宋武帝刘裕之侄、长沙景王刘道怜次子刘义庆组织一班文人，集体创作的一本笔记体小说。从问世起，它就因“记言则玄远冷隽，记行则高简瑰奇”（鲁迅《中国小说史略》）的特点，深受读者喜爱。它以“段子集”的方式，记载了自汉魏至东晋期间士族名人的趣闻逸事，精练生动，气韵流荡，不仅反映了时人的生活方式、精神面貌及清谈放诞的风气，更将率直任诞、清俊通脱的“魏晋风度”源远流长地传递了下去。这一脉清流绵绵不绝，至明末，至清朝，甚至在现代，依然有着悠长的回响。

《陶庵梦忆》则是张岱为晚明演绎的一场繁华大梦。清雅孤寂处，西湖大雪，湖心亭三四人深夜痛饮三大白而归；绮丽热闹处，动辄十万数十万人看戏、赏月、观灯……那般豪华，岂独醉倒张岱，数百年后，读书人亦为之瞠目动容。只是梦醒后，恰如《红楼梦》所说，“落了片白茫茫大地真干净”。明朝覆灭，清军入关，政权的更迭，不仅意味着社会阶层的大破碎、大变更，同时也是文化上的大冲击、大崩溃。出身于官宦文艺之家的张岱，所受冲击更大。据考证，家国破碎之后，张岱甚至曾暗地里参与过“反清复明”的行动。而后半生，他誓不出仕清廷，过起了隐居著书的生活。他文字里的清狂豪爽、孤高自许，正与“魏晋风度”一脉相承。绝非巧合的是，在《陶庵梦忆》中，张岱多次引用了《世说新语》里的典故，使用之妥帖自然，显见早已与自身性情、见识融为一体。

而堪称巧合的是，《陶庵梦忆》中两次提到了当时荣登“秦淮八艳”榜单的名妓董白，她正是《影梅庵忆语》的女主角，作者冒襄后娶的妾室——董小宛。张岱笔下一闪而过的女子，在父亲嗜赌被逼债、病困交加之际，突然与仅有一面之缘的官家公子、一代名士冒襄重逢，于是再见倾心，发誓以身相许。冒襄出于各种考虑，拒绝了她。董小宛痴心如铁，追随冒襄27日，被拒27次。后终于在钱谦益等人的帮助下，嫁给了冒襄。婚后不过九年，董小宛因劳累过度而早亡，死时不过27岁。冒襄为悼亡写下的这部忆语，取材于真实生活，亦有时代之缩影，文字紧张处不容毫发，清丽处则婉约多姿，直接启发了后续的忆语体作品《香畹楼忆语》《秋灯琐忆》《浮生六记》。相较之下，《香畹楼忆语》悼亡之中，不忘卖弄作者自己的诗词及胸怀抱负，有可厌处；《秋灯琐忆》娟秀可爱，却失之于体量短小，犹如饮酒，未至薄醉，酒瓮已罄；唯有《浮生六记》，不论文字、情怀、人物，都足够可爱，虽已佚失二记，存文已足令人醉饱。

从《世说新语》到《浮生六记》，几位作者多生活于江浙一带，也即古人所称的江南，活动区域也多在杭州、绍兴、苏州等地。于是此书中提到的地名，于彼书中出现；彼书中写到的人物，又在此书中登场。有一种参差互见、牵引穿插之趣，从中亦能感受到传统文化、文人风骨的流传有序。张岱的疏狂清傲，前身正是“竹林七贤”的风流傲岸；沈复的隐逸清高，则正与张岱的不从流俗相同。风骨相似而境遇不同，更多体现的是世事与个性的沉浮遇合。

这种洞穿了时光的风骨，正是贯穿这套经典的暗线。而暗线之外，覆盖着一层光彩灿然的华衣——言辞之美。当年读到《世说新语》里“于时清露晨流，新桐初引”一句，体味到“引”字里的生命力；读到《陶庵梦忆》里“天与云、与山、与水，上下一白。湖上影子，惟长堤一痕，湖心亭一点，与余舟一芥，舟中人两三粒而已”，惊喜震动，反复吟咏；读到《浮生六记》“芸曰：‘情之所钟，虽丑不嫌。’”不觉粲然；读到《秋灯琐忆》“余为秋芙制梅花画衣，香雪满身，望之如绿萼仙人，翩然尘世”，不觉悠然神往。单靠单纯的言辞之美，它们已足以令人感怀铭心。

今人想要领略古人的言辞之美，常常需要译文来作为帮助。常有人说，古文之意境往往会被译文破坏。但译文原本就是一道桥梁，帮助读者从艰涩的此岸走到优雅的彼岸去，却不是要替代彼岸的风光。好的译本，是一道较短较好的桥；差的译本，则有可能是吱吱呀呀的独木桥，一不小心就令人掉下沟去，不堪使用。好的译本来自好的译者，而好的译者，不仅文字功底要过关，且最好在气质上，便可与原作者同气相求。

恰好，我们就找到了这么四位青年译者。午歌敏锐爽朗，迅捷飞扬，如果遇见张岱，定能与他痛饮高歌，可以翻译《陶庵梦忆》；小岩井风流蕴藉，温和雍容，有几分阮籍的自在悠然，于是可接《世说新语》；吴婷明慧灵巧，婉约柔情，原创的一阕《你说，后来》，写尽人间物是人非的今昔之感，正正好可作《浮生六记》；张秋寒华美典雅，字字精雕细琢，有冒襄一字不可移的风神，所以是《秋灯琐忆（外两篇）》的不二人选。

世间事，难得的是恰恰好。而这次，居然都齐了。

除了找到了合适的译者，以可靠的底本进行翻译之外，我们还为大家提供了一些附录文字，帮助理解作者的创作背景：每本书都提供了译者创作的序言；《世说新语》添加历史背景介绍、重大史实资料；《陶庵梦忆》取得了李敬泽先生《一世界的热闹，一个人的梦》的授权，并有周作人先生为俞平伯1926年重刊此书而作的序，译者午歌提供的49篇简评，从多个维度丰富内文；《浮生六记》附录中收入了光绪三年（1877）初版的两篇序、一篇跋和整理出的沈复年表，并有编者撰写的《成就〈浮生六记〉的五个男人》一文，梳理本书被发现、出版、流传、推广的重要节点；《秋灯琐忆（外两篇）》中，每篇都附录相关的序、跋、传记等文字，提供多个视角，令文章更为丰满，希望能为大家提供更好的阅读感受。

本书从策划到出版，历时一年有余，其间艰苦不足道，而幸福更多。值此出版之际，郑重向丛书译者、出版社老师以及所有工作人员，致以真诚的感谢！因水平有限，虽已尽心竭力，但书中错漏之处在所难免，恳请诸君在海涵的同时，多多批评指正。

苏辛

译者序

惘然

年初，我接到编辑苏辛小姐的邀约，请我翻译《影梅庵忆语》《香畹楼忆语》《秋灯琐忆》这三本书。能够参与这套古籍丛书的出版工作，我感到非常荣幸。

熟悉我的读者应该知道，在二〇一四年，我曾出版散文集《告别的话，由风转达》。这本书其实就是阅读以上三本古籍和《浮生六记》之后所写的随笔。三年后，当我接受了翻译的工作，就又一次探寻了这堆故纸，再度回到那一场场如烟旧梦之中。

和当初通读后写下心得所不同的是，一字一句揣摩文意并即时转化为现代语言，让我更加深刻地感受到了古时和如今之间、想象和现实之间、爱情和爱情之间种种横向、纵向的差异。

“身无彩凤双飞翼，心有灵犀一点通。”这是李商隐的诗。在我们的意识范畴中，古典的爱都有如此华美的场景和悸动的心情。无论是芙蓉盛开的南塘路上，浮花浪蕊，似萍相聚，停船暂借问，说声“幸会”，留下小字，还是上元灯会的烟花楼台畔，人群中电光石火地闪了一霎，遗下信物，寄望他日遍访到奴家。这般种种的才子佳人，皂靴罗衣，花笺互递，纸短情长……美轮美奂却只是幻楼蜃影。事实一旦投射，流丽与深情都不堪一击。

就像对艳史一知半解的人总以为董小宛和冒辟疆曾在王朝末代占据秦淮一角，爱到惊天动地。那波光灯影里的故事被千秋万载的胭脂水粉打了底，更华丽得近乎奢靡。却不知翻开《影梅庵忆语》这本冒辟疆所谓用血泪搅拌着墨汁写下的作品，满眼看去，却是男权社会冷酷无情的刀光剑影，以及与风花雪月并不匹配的谋算人心。弱质女流如暴风里的凌霄花般苦苦挣扎，只为求得乱世里的一点依附和庇佑，栉风沐雨，一路艰难，披肝沥胆得令人心酸。而点缀在其间的一丝丝闺阁温存，也是今人所以为的“岁月静好，现世安稳”的部分，正是董小宛用脱籍从良后那整整九年的低下卑微所换来的为期不长的大好时光。战乱一起，这好日子也就过到了头，冒辟疆薄情依旧，一如早年嫌弃她被欢场俗事缠身是个累赘一般，又几次三番故技重施想在逃难途中弃她于不顾。

《香畹楼忆语》的女主人公叫紫湘，她和董小宛有很多相似之处：比如同样出身于风尘，比如后来也是嫁给了作者陈裴之为妾，比如对夫君和他的家庭自始至终都秉持着一份隆重的愚忠。若不是陈裴之为了比肩偶像冒辟疆，在紫湘叮嘱了“不要把我们之间的情事记录下来，以防被世间的人口耳相传”之后仍是自作多情地写下了这本书，后人恐怕还要以为，青楼女子这般事事奉迎是惯会的谄媚。

那就让她们蒙上莫大的冤屈了。

在文字上，陈裴之追求藻饰精美，处处以诗词渲染，连紫湘死后众人的挽联都要次第品评一番，故而流于匠气，和冒辟疆四两拨千斤的叙述方式相比便立现高下。至于“辜负”上的造诣他却是比前人有过之而无不及。烽火之中，冒辟疆拖家带口，举步维艰，想撇下董小宛，好歹找了个“为她另觅贤主”的托词。到了陈裴之这里，紫湘身染重病，他一个素来迷信的人却破例没有采纳术士的建议，而是直接把紫湘打发去了娘家。

仿佛雪落在茫茫四野，远远望去，山河整饬，林莽皎洁。

待到晴天雪霁，才看见消融的春冰下，埋藏着艳骨芳魂一片接一片。

好在《秋灯琐忆》这样清淡有致又温柔宁静的作品能力挽狂澜聊慰心伤。读到他们在山洞里抚琴，在芭蕉叶上题词，在月光里赏梅，还有蒋坦半夜起来为肺病积年的秋芙温莲子汤的桥段，总使人感到满足和平安。

“此情可待成追忆，只是当时已惘然。”这也是李商隐的诗。万语千言，化作一篇文章，一行诗，一个“忆”字。曾经的花前月下，彼时无论是倍加珍惜还是不以为意，此刻已逝去了，总叫人惆怅若失。这是他们的惘然。

见字如晤，直面史实，方知昔日臆造的唯美传奇与真相千差万别，像琉璃脆碎，像暮云散去。这是我们的惘然。

这本书，我在翻译的过程中，除了克制自己的造句习惯而尽量向古人的语气靠拢外，也参考了大量前人的版本。而有林语堂先生等人的经典译本珠玉在前，我确实感到压力满肩。疏漏和瑕疵在所难免，敬请谅解斧正。

张秋寒

《影梅庵忆语》译文

人和人之间的感情始于彼此的亲近，而一旦亲昵，就会对方方面面都进行美化。可倘若凡事都要靠美化才能使对方显得可爱，那么，天下间就很少会有真正可爱的人了。何况，女子深居简出，闺中帐垂屏遮，既掩盖了她们的容颜，也冷却了她们的才华，就只能凭借善于文辞、雅好诗章的文人去想象和描绘。比如虚幻地谱写寿仙麻姑沧海桑田的神话，或是肆意地交流巫山神女高唐一梦的传说。近来，好事者们又开始虚构一些诗词歌赋，夸大其词大谈特谈一些离奇的相遇，导致人人的闺房中都出现了西施、夷光、卓文君、薛涛一般的名媛才女。这是闺秀们的千古奇冤，更是文人为了追求名声而养成的恶习。

我去世的妾室董氏，原来单名一个“白”，字“小宛”，又字“青莲”。她原籍在秦淮，后来迁徙到了苏州。虽然她沦落风尘，且颇有几分艳名，但这并不是她的本色。自从小宛和我相遇相知，她便发誓，要一直追随我。进了我家之后，她的种种智慧和才识就一点一滴地显露了出来。九年里，她从未忤逆长者，与亲朋之间也没有隔阂，和上上下下、里里外外、大大小小的人都相处得很好。在我隐居期间，她协助我著书立说，还帮我的夫人精进针黹女红之道，就连汲水、舂米这样的事都亲力亲为。甚至蒙受灾难或遭遇疾病，都能化险为夷，并苦中作乐，甘之如饴。以上所有的品质都集中在她一个人身上。如今，她突然就去世了，我原不知，她死了我便也死了啊。只是看见我的夫人失去同伴孤独无依的样子，就仿佛手足无措了似的。我们一家大小，上上下下，都因为她的离开而悲伤不已，都说这样的人是再也难有了。每每我们向他人说起她的兰心蕙质和不为人知的事迹，闻者无不感慨，都说文人义士也难以与她相提并论。

我已经为她写下了数千字的《亡妾董小宛哀辞》来悼念她。由于格律和声韵的限制，那篇文章还不能详尽地描述她的生平，就再次撰写这篇文章来追忆有她相伴的年华。每每冥思苦想沉痛哀悼小宛的一生，还有与她携手共度的九年光景，泪水就蒙住了我的双眼，离愁就涌上了我的心头，空有锦心绣口和生花妙笔，也难以细致地追述。区区一支含泪的小笔，干枯生涩又缺乏才思，都不能传达出我对小宛的一腔深爱，就更不要提什么修饰美化了。况且，小宛侍奉了我这么多年，彼此之间从未有过轻浮的猥昵。我现如今已经是四十岁的人了，胡须和眉毛长得像刀枪一般。十五年前，陈继儒先生曾说我看到穿着薄纱、半露玉臂的风流女子都只一笑置之，那么，人到中年的我怎么会效仿轻薄子弟去胡编乱造一些浮艳的情节，以欺压死去的人呢？倘或也有人深信于我，那就能理解，我是深深知道小宛她果真非同一般，才用华美辞藻为她写下种种鸿篇。我用这种方式来报答小宛，小宛死而无憾，我也就生而无憾了。

己卯年的初夏，我到金陵参加考试，在那里遇见了朋友方密之。密之告诉我说：“秦淮河上的佳丽之中近来出现了一位堪比仙女董双成的人物，正值绮丽年华、美妙芳龄，才华姿容更冠绝一时。”我听说后就去拜访了这位佳人，谁知她因为厌恶金陵城的纷乱繁华，而搬家去了苏州。后来，我名落孙山，就去苏州一带散漫地游览，多次去她居住的半塘造访。不巧，那时她去洞庭湖游玩，流连忘返，尚未归来。那时，声名和她不相上下的，有沙九畹和杨漪炤两位美人。我时常去沙、杨她们那里做客，近在咫尺却独独错过了她。直到我准备登舟回家，才又一次去拜访了她，希望能够与她相见。她的鸨母容貌秀丽，为人贤惠，安慰我说：“先生来了也有好几次了，这次幸好我女儿在家，不过她吃了些酒，稍稍有点醉了，还没有睡醒。”鸨母微微站了站，就从另外一侧的门出去了，不一会儿扶着她从小径上来到了曲栏边，与我相会。她的脸上泛着春色般浅浅的红晕，醉眼流盼，姿态含香，容颜如玉，一派天然的神情和韵味，慵懒倦怠，不发一言。我十分惊艳爱慕，但怜惜她的困倦，就告辞而去。这是我们这段良缘最初的相遇，这时的小宛十六岁。

庚辰年的夏天，我滞留在影园附近，准备去拜访小宛。有客人从苏州来，说小宛去西湖游玩了，可能之后还要去游黄山白岳。既然如此，我便没有去造访。辛巳年早春，我去湖南衡山探望母亲，取道浙江，经过半塘时又打听到了小宛的下落，得知她仍旧停滞在黄山，尚未归来。此时，许忠节先生碰巧要到粤地就职，便和我同舟而行。偶然有一天，他赴宴归来，对我说：“在这附近，有一位姓陈的美人，在梨园技艺上颇为擅长，不可不去与之一会啊。”我陪同许忠节先生乘船去了好几次，才见到了这位名叫陈圆圆的美人。她为人清淡却有韵致，轻盈柔曼，仪态美好。她穿着时兴而高雅的丝织衣裳，在舞蹈时回过头来凝视自己那一身湘丝罗裙的姿态，宛若一只孤独的凤鸟翩然飘飞在迷蒙的烟雾之中。这一天她以弋阳腔演唱了一出《红梅记》，这种燕地的通俗剧目、婉转缠绵的曲调，出自圆圆的身段和嗓音，就像山洞中飘出的轻云一般缥缈，就像玉珠落入盘中一般悦耳，使人听了欲仙欲死。到了夜间四更，忽然风雨大作，我们必须驾舟回去了。我牵了牵圆圆的衣裳和她约定下次相见的日期，圆圆说："光福山的梅花就像冬天的万顷冷云，先生明早能和我一起去赏梅吗？我们可以在那里待上半个月。"我因为急着要去省亲，便告诉她不能在此久留。圆圆又说："那你从南岳归来之时，我就在虎疁的桂花林中等候你。算算日子，你应当八月就可以回来了。"

我告别她而去，恰好在八月中旬可以观赏江潮的日子，护送母亲归来了。到了西湖，因为得知父亲调到已被张献忠攻破的襄阳，正心急如焚。顺便之中打听了圆圆的消息，又听说她已被豪门贵族抢走了，更感到非常痛心。到了阊门，水况凝涩，船行其上十分困难，到浒关还有十五里，都是这种难以行进的水路。偶尔遇到一个朋友，听我在言谈之间有"佳人难再得"之类的感叹，朋友就说："是你搞错了，先前被豪门贵族抢走的是假的陈圆圆，真正的陈圆圆所隐藏的地方离这里很近，我和你一起去。"到了那里，我果然见到圆圆，她就像兰花藏身在幽谷中一般。圆圆看到我，笑着说："你来了，你不是雨夜在小船上和我约会过的那个人吗？以前我感念你的殷勤邀约，仓皇之中没能和你约定再见的日子。现在我几乎落入虎口，得以脱险，又重新见到你，真是上天保佑。我居住的地方很偏僻，又长期吃斋，可以烹茗焚香，可以留你陶醉在明月桂影之下，而且我有事要和你商量。”我因为老母亲在船上，沿江路途又不畅通，就带领了一百多个健硕的壮士护行，他们此时都到河岸上去了，我迟疑不决，准备离去。黄昏时，大炮兵械的巨响震耳欲聋，炮击声好像在我的船边一样，于是我急如流星地赶回船上，这时又刚好碰上有权有势的侍从宦官与我们的船争执河道，发生兵斗。经过好一番调解，他们才离去。自此我就没有再上岸。到了第二天清晨，圆圆淡妆而来，请求拜见我身为朝廷命妇的母亲，见过后又急切地邀请我到她家去。这天晚上，船还是走不动，于是我乘着月色去了圆圆那里一趟，与之相见，她却突然说：“我想要跳出樊笼，挑选一个好人嫁了。看来看去，可以托付终身的人，没有比先生你更加合适的了。刚才我也见到了你的母亲，身心就像被春日柔软的云朵覆盖，也像畅饮了甘露似的，方才觉得自己真是找到可以仰仗的一方天地了。你不要拒绝我啊。”我笑着说：“天底下，恐怕没有这么容易的事。况且我的父亲还身陷兵火之中，我这次回去，应当不惜抛弃妻子和孩子来营救父亲才对。我这两次来看你，都只是因为路途不通，无聊闲逛而已。你突然这样讲，我感到非常讶异。即使你是真心诚意的，我也只能堵着耳朵当成没有听到，坚决推辞。我不想白白耽误了你。”圆圆又委婉地说：“先生你只要有这份心意，不打算抛弃我，那么我发誓等你回来，我发誓，会在你的府上等待你凯旋。”我便回答道：“如果是这样的话，我就和你订下这个约定吧。”她听了十分惊喜，又是申明心迹，向我表白，又是殷切叮嘱，絮絮叨叨，我不能详细记述，就当场坐下，写了一首《赠畹芬八绝》

给她。

回家以后，历经秋冬，我为了救助父亲，四处奔走。到了壬午年的仲春时节，京城中向朝廷进言的官员们，体恤那些在外老臣的辛劳，也同情其家中独子的苦楚，送来了将父亲调离襄阳的喜讯，我首先获知了这个好消息。当时我正在毗陵，听说此事后，心中那块沉沉的大石头算是搬开了。因过路之便，也就有了闲心到苏州去看望陈圆圆。她曾在去年残冬多次来信催促我，我都没来得及作答。当我到了那里，才知道十天之前，她被身为锦衣卫的汪起先倚仗权势劫去献给了田弘遇。起先，苏州城里有个和她走得很近的人，聚集了几千号人，把她给抢了回来。而得到陈圆圆的权势之家一方面放出恐吓的话来威胁众人，另一方面又不惜重用千金去贿赂官府。地方官吏恐怕得罪这些达官贵人，于是将已被抢回来的陈圆圆又送还给他们。我去了以后，怅惘万分，但想到自己是急于父亲的危难而辜负一位女子的，也就不感到有什么遗憾了。

这天晚上，我的心情很抑郁。于是和朋友一起找了一条小船到虎疁夜游。准备明日派人到襄阳给父亲报了信，就乘船回家乡去。归船经过一座小桥时，我看见一幢立在水边的小楼。我偶然询问游人："这是什么地方？什么人住在这里？"朋友回答说这是董小宛的寓所。我对小宛的思念积压了三年，此时听到这个消息，不禁一阵欣喜若狂，当即就要停下船去拜访她。朋友劝阻说："她前些日子也被一些豪门望族惊扰到了，现在十天里恐怕有八天都是病情沉重，她的鸨母也死了，她已经闭门闺中，不再接见客人了。"我执意上岸拜访，再三敲门，门才打开了，只见屋里静静地闪着灯光。

拐了几个弯登上了楼，看到药物堆满了几案床榻。小宛见到我，沉沉想了一会儿，问我是从哪里来。我告诉她，我就是当年她醉酒后，与她在曲栏上见面的人。小宛回忆起了往事，潸然泪下，说："从前先生多次来找我，虽然仅仅只见过一面，但我的母亲一直在私底下褒赞先生人才出众，惋惜我没有和先生深交。现在，距离那会儿已经有三年了，我母亲刚刚过世，见到先生，我就又想起了母亲，她的话还在耳边回响。现在你是从何处来的？"于是她便强撑着坐起来，揭开帷幔，细细地打量我，并且端来灯盏，请我坐在榻上。谈了一会儿话，我怜惜她身体抱病，便向她告辞要离开。她挽留我说："我十天中有八天是吃不下也睡不着的，昏昏沉沉，像是做梦，惊心动魄，惴惴不安。现在一看到先生，就觉得神思清明，气力旺盛，十分舒坦。"于是她马上吩咐仆人准备酒食，与我在榻前共饮。席上，小宛不断地向我敬酒，我屡次告别，她屡次挽留，不让我离去。我告诉她说："我明早要派人到襄阳，向父亲报告调动的喜讯。如果在你这里留宿，明早就不能寄出平安家书。家里还等着我派信使上路呢，我宁可少在这里待一会儿。"小宛说："先生确实有特殊的事情，那我就不敢挽留了。"于是我辞她而去。

第二天早晨，派往楚地的信使走了，我十分迫切地想回故乡去。朋友以及仆人随从都说："董小宛昨天仅仅一次途中相遇，停船相谈，就已经表现得那样恳切恭谨，你千万不能辜负她呀。"于是我仍然还是去和她道了别。我去时小宛已经梳妆完毕，正在倚楼凝望，看到我的船靠了岸，就急忙赶来上了船。我对她详细述说了我马上回故乡的决定，小宛说："我已收拾好行装，准备随着你的船一路相送。”我推辞吧，也推辞不掉。阻止吧，又不忍阻止。从浒关到梁溪、毗陵、阳羡、澄江，一直到北固山，船在江中行了二十七日，我向她辞别了二十七次，小宛只是执意以身相随。她登上金山，对着江流发誓说：“我此身便如长江之水向东流去，决不再回苏州。”我听闻此言变了脸色拒绝她，告诉她说科举考试的日期迫近，加上这些年以来，因为父亲被困阻在危险的疆场，我家事都顾不上管，对年迈的母亲早晚问安都没有做到，现在才回去料理这一切。况且小宛在苏州欠了很多钱，要为她脱去金陵乐籍，改变她妓女的身份也要费一番周折，我就建议她还是先回到苏州去，等我夏末参加科考时，约她一起到金陵去。考完秋试，无论能不能榜上有名，到那时才有闲暇去顾及此间的儿女私情，此时缠缠绵绵，恋恋不舍，对两个人都没有什么好处。小宛听了仍然不肯回去。当时，那种叫作“五木”的博弈工具正放在几案上，一个朋友对小宛打趣说：“你若是最终能得偿所愿的话，那应当能掷出一副好结果。”小宛很严肃地在船窗边拜祈了一番，祝祷完毕，将“五木”丢了下去，竟然全部都是“六”点。当时同船的人个个称奇。我说，如果真是天作之合，仓促之间不仅不能求得，反而还会把事情搞砸，不如你暂且先回去，慢慢再来图谋规划。小宛情不得已，才掩面痛哭，嗓子都哭哑了才辞别而去。我虽然怜惜小宛，但是得以一身轻松地回家，仍然感到如释重负。

我一到海陵，立刻参加了初试。到了六月回家后，夫人才对我说：“董小宛让她的父亲先过江了来传话，说她回了苏州之后，就一直吃素，深居不出，只翘首以待，盼望听到你赴先前同去金陵的约定。我听了心里感到很奇怪，拿出十两银子打发他父亲回去捎信给董小宛，跟她说：‘我怜惜她的一片心意，已经答应她了，只是要她静静等待考试完毕，没有什么不可以的。’”我感激夫人成人之美的雅量，于是就没有践行当初的约定派人接小宛同去，而是只身一人到金陵赶考去了，准备等考完之后再通知小宛。

八月十五上午，我刚刚出考场，小宛突然来到桃叶寓馆。原来她因为等不到我的消息，就孤身带着一个老妈子，雇了条船从苏州出发沿江而行，来金陵找我。途中遇上一伙盗贼，她们只得把船隐藏在芦苇荡里，船舵坏了不能开船，她们三天都没吃上饭。她们初八就到了三山门，又害怕扰乱了我首场考试的文思，因此推迟了两天才到金陵。小宛见到我虽然非常欢喜，但详细叙述分别后一百多天在家关门吃素，和江上历经风浪、遇上盗贼的惊险情形时，则声调凄楚，神色悲凉，要求嫁给我的决心就更加坚定了。当时浙江嘉善、江苏松府、福建、河南的许多同社好友，没有一个不高赞董小宛的胆识，怜悯小宛这份心意的真诚，纷纷为她赋诗作画，以坚定她的志向。

考试结束之后，我妄自揣度，认为肯定能考中。心想，在这之后应当办理和小宛的事，以报答她对我的痴心。谁知十七日，忽然有消息传来，说父亲的船已经抵达岸边，原来他没有到宝庆去赴任，自从他在襄阳调出后，就准备告老还乡了。当时我已有两年没有奉养双亲了，现在他冒着战乱炮火生还，我不禁喜出望外。于是来不及为小宛谋划去留的事，独自从龙潭尾随父亲的船抵达了銮江。父亲读了我应试的文章，说我肯定能考上，就叫我留在銮江，等候发榜。这次小宛又从桃叶寓馆出发乘船追我，在燕子矶被风浪所阻拦，几乎是又一次遭遇不测的险境，她追上我之后就和我一起待在銮江的船中。

七天之后，发了榜，我仅仅中了副车，于是我不舍昼夜地赶回故乡，而小宛痛哭着追随我，不肯回去。我详细了解到，小宛在苏州那边诸多的麻烦事，不是靠我一双手就能轻而易举解决得了的，她的债主们若是见她远道归来，也大多会有奢望，会有很多议论。况且我父亲刚刚回家，我又再次落第，意志消沉，根本无法与她达到梦寐以求的那种境况。于是我在船到达城外朴巢时，就冷面铁心地与小宛诀别，仍然叫她回苏州去，以堵住债主们的悠悠之口，然后再见机行事。

十月，我路过润州，拜谒我的同考官郑老先生，当时正碰上福建的刘大行从京城来，另有陈大将军及其盟友刘刺史，大家一起在船上喝酒。这时一个仆人从小宛那里来，向我报告说：小宛回去后不肯脱去和我分手时穿的衣服，现在空守着我对她的一番诺言。还告诉我如果我不快些想办法救援她，她情愿冻死。刘大行听后直接用手指着我说：“辟疆你一向自称是侠义之辈，怎么能如此辜负一个女子呢？”我引用了一个典故对他说：“唐传奇《无双传》里行侠仗义的黄衫押衙，可不是韩翃和王仙客这些男主人公本人就能当得了的。”刘刺史听后举杯挥袖激动地说：“如果给我一千两银子，让我去为你办理此事，我今天就可以出发。”陈大将军当即借出几百两银子，刘大行也拿了三十多两加入其中。谁知刘刺史到了苏州，不善于调停局面，反而引起众人哗然大怒，与他决裂，于是刘刺史只好从吴江逃走了。

我再次回到了故乡，来不及再询问此事。小宛孤立无援，进退维谷，所处的局面处理起来十分艰难。钱谦益大人听说了她的事，亲自到半塘去，把小宛安置到了船上。上至地方官吏，下到市井百姓，他对其中所涉及的大事小事都了如指掌，于是，三日之内就帮小宛筹划办理完毕，讨回的借条债券有一尺多厚。钱大人还在楼船上设宴，在虎疁为小宛饯行，当即又买了船把小宛送到我的家乡如皋。到了十一月十五日那天，傍晚时分，我正侍奉父亲在拙存堂饮酒，忽然传来消息说小宛已到岸边。接到钱大人娓娓道来洋洋洒洒的书信，我才详细了解到这些情况，钱大人还快马传书，让他的门生张祠部立即为小宛削除妓女身份。遗留在苏州的那些小麻烦，让周仪部去扫尾，而金陵的事则由旧时礼部的官员李宗宪去办。经过十个月，我的心愿总算了结，然而反反复复，经历了许多藤蔓一般纠缠的烦恼，这份姻缘真是费了万斛心血的灌注才促成的啊。

壬午年四月三十日，小宛送我到了北固山下，坚持要跟随我渡江回故乡。我越是推辞，她的神色越是哀怨悲切，不肯返回。船停泊在江边，当时我有国外友人毕今梁寄来的一匹西洋夏布，比蝉翼还要轻薄透气，比白雪还要皎洁清艳。我用淡红色做里子，为小宛做了一件轻衫，穿起来简直不亚于南朝贵妃张丽华的桂宫霓裳。我俩携手一起登上金山，当时有四五条龙船冲散河浪向我们划来，山上的几千名游客，跟在我俩后面，把我们看作是神仙。绕着山路行走，凡是我俩停下来的地方，龙船就争相划了过来，回转环绕好几圈，都不肯离去。我向他们询问，才知道驾船的都是我去年秋天从浙江回来时所乘坐的官舫的船工。我给了他们大鹅和酒食作为犒赏，游历了一天才回到船上。船上有一口宣瓷大白盂，盛放了好几斤樱桃，我和小宛一起取食。她朱唇如丹，简直分不清何为樱桃，何为红唇。江山盛世，人物风流一时交相辉映。至今，谈起这事的人们都还在交口称赞。

在秦淮河畔过中秋节时，小宛为我不惧盗贼和风波的艰险，在崎岖坎坷的道路上紧紧相随的事让四方同社的诸位朋友都感慨不已，因而在桃叶水阁设下酒宴款待我们。当时席上坐着的有眉楼的顾夫人、寒秀斋的李夫人，她们都和小宛非常亲近，称赞小宛跟随了我是美事一桩，都来表示祝贺。这一天演出新剧《燕子笺》，它婉转地写尽了男女之间的恋情，演到霍都梁、华行云悲欢离合的情景，小宛流下了眼泪，顾夫人、李夫人也都流泪了。那一刻的才子佳人、亭榭楼台、烟波曲水、新歌美声、明丽月色，都足以流传千古。至今想起来，就好像是在枕上游历了一番梦幻中的仙境。

銮江的汪汝为营造的园亭素来享有盛誉，而他建在江上的小园，尤其集中了江山胜景的概貌。壬午年九月初一，汪汝为曾邀请我和小宛在江口梅花亭子上做客。长江之上，层层白浪，在我们的杯底奔流，小宛用大杯开怀痛饮，因为酒令严明，一时在座的诸多艺妓，都纷纷醉倒，溃不成军，拜服不已。小宛平时是性格最温和的一个人了，那天的豪情逸致，是我此生见到的唯一一次。

乙酉年，我护送母亲还有家眷，到浙江盐官定居下来。春天时路过苏州半塘，看到小宛的故居依然在那里。小宛有个妹妹叫晓生，和沙九畹两人坐船来拜访我们。看到小宛被我奉若无价宝珠，而我的夫人又贤良淑德，对待小宛如水乳交融一样融洽，大家既赞美，又有些嫉妒。我与小宛共同登上虎丘，她将旧日游玩的地方指给我看，与我重新回忆梳理往事，苏州城中了解小宛的人，都称赞她慧眼识人，找到了好的归宿。

鸳鸯湖上，那烟雨楼高高耸立着。逶迤向东而行，可以看到竹亭园大半都在湖中，然而要是放眼全城，向四周环望，那些名园胜寺周围，融汇了浅渚层溪而一片潋滟的湖泊。游人一旦登上烟雨楼，就以为已经看遍了名胜风景，却不知浩瀚幽渺的景色，并不在此。在这里我与小宛曾玩了一整天，我俩又共同追忆在钱塘江下游观看桐君山、严子陵钓台和碧清的浪花拍打沧桑岩石时的胜景。小宛更是借此说起了新安山水的闲逸秀丽，说在枕上清眠、在厨间烹调的时候，尤其能够感到那山水令人满足的愉悦。

虞山钱谦益大人送小宛到我的故乡如皋时，我正侍奉父亲在家中的庭园里饮酒，仓促之间不敢对父亲明说，又陪酒一直到四更，不能离去。我的夫人没等我回来，就先为小宛在别处清理收拾出了一间房屋，帷帐、灯火、器具、饮食，没有一件不是立刻就办好的。酒席散后，我见到了小宛，小宛说："一开始正不知道为什么见不到先生，只见一群仆人婢女簇拥着我登岸，心里正暗暗怀疑，也深深感到害怕。到了这间屋子里，看到房中无所不备，向旁人打听，才感叹主母的贤惠，就越发庆幸自己这一年多矢志不渝也要追随先生不是错误的决定。"从此小宛就把自己关在房中，不再拨弄乐器，洗尽铅华，精心学习女红刺绣，几个月闭门不出。耽于寂寞，安享恬静，她说自己好像骤然之间从万顷火云中逃脱了出来，得以在清凉的世界歇脚憩息一样，回忆起五年的风尘生涯，既像坐牢，也像做了一场梦。几个月之后，她对针线活已经没有不精通的地方了，绣出的锦缎工整鲜丽。在头巾和衣裾上刺绣，那细致的针线像密密的虮子一般，看不出针痕，她一日可以完成六幅刺绣作品。剪下彩线，织就字样，或用金丝玉缕来绣回文诗，这些技艺在她手里都已达到巅峰，飞针走线，出神入化，已经达到了前无古人的程度。

小宛在外面住了四个月，夫人把她接回家来。进了门，我的母亲见到她，和夫人一样都非常喜爱她，给她以特殊的关照。我的小妹和长姐，尤其珍重待她，和她相亲相爱，说她的品德心性、举止言谈都不是寻常人可以比的。而小宛服侍左右，听话勤劳，做得比婢女仆妇还要有过之而无不及。烹煮茶水，剥开水果，她都是亲手呈献上来；当我郁闷时，她善解人意，令我眉开眼笑；当我感到身体痛痒，她就替我搔背。不管严寒酷暑，她总是拱手站立在席座的角落侍奉，要她坐下吃饭，她立即坐下吃上几口，又马上站起来为大家服务，站在那里的姿态始终如一。每次我教两个儿子作文章，若是作得不如我意，我就会责罚他们，小宛必然会督促他们修改完善写成好文章，抄得工工整整的送给我看，哪怕到深夜也不曾松懈。九年过去了，她对我夫人没有说过一句冲突顶撞的话。至于对待众人，管理下人，也没有一刻不慈爱谦让的，大家都感念她的好。我往来交际的费用和夫人的日用花销，都从小宛手上经过，她从不私下贪污银两，不爱为自己筹谋积蓄，没有置办过一件钗环首饰。她临死弥留之际，是元旦次日，她一定要见了我的老母才能瞑目而去，而除了身上穿的一套衣裳头面，其余的金银珠宝、红紫绫罗一件也不带走，不拿来殉葬，实在称得上是一位与众不同的女子。

我多年来一直想把唐朝四个时期的诗作汇编起来，购买全集，将逸事分门别类，集合众家的评论，把诗人和年代按次序排列，每集细致地加上评选，广泛搜集遗失的诗稿，集合成一部蔚然大观的全唐诗集。可是初唐、盛唐的诗歌稍有次序，中唐和晚唐的诗歌有名无集、有集不全或者名集都未见的非常多，《品汇》这一本书，只是记述了六百家诗人的大略而已，即便是《纪事本末》，一千家诗人也只是稍稍存留了一些名姓，而没有诗作。《全唐诗话》更是寥寥无几。芝隅先生曾为《十二唐人》一书作序，被称为豫章大家，他收藏了中晚唐未刻印的诗集七百多种。孟津的王师曾对我说：可以买灵宝县许氏的《全唐诗》，这套书可以载满好几辆车，是昔日流落到盐官的胡孝辕大人所批阅的唐人诗，印刷工费，需要几千两银子。我的住所偏僻，无书可借，近来又足不出户，不能外出购买书籍，因此只好经营搜集起来，颇费了一番工夫，我每得到一卷唐诗，必定要用朱笔和黄笔细加点校。其他书中如有涉及此集的，都收录下来写在卷首，把它们交给小宛收藏。至于编年和评论者，我就以《唐书》的记载为准。小宛终日协助我稽查抄写，细心商订，不分昼夜，达到了相伴却忘记说话的忙碌程度。小宛读诗没有读不懂的，又能以自己的聪明才智加以发挥，形成独到的见解。她尤其喜欢读《楚辞》、杜甫和李商隐的诗，还有王建、花蕊夫人、王珪这三位名家的宫词，堆得和身体一样高的书就环绕摆放在她的座位周围，就算是午夜睡觉，她也抱着那记载了几十家诗人生平的《唐书》而眠。如今我的书房积满了灰尘，我不忍心将它打开，将来我收集唐诗的志向，谁能和我一起完成？对此我只有付之一叹罢了。

还记得那是前年我读《后汉书》的时候，读到陈仲举、范冉、郭亮的传记，不禁为他们抚桌而叹。小宛一一了解到他们的事迹，为他们的遭遇愤愤不平，并且巧妙发表了自己公允的见解，她的看法堪称是公允的史论。

乙酉年我们客居盐官时，我曾向诸位朋友们借书来读，凡有奇巧少见的地方，我就叫小宛用手抄录下来。小宛把涉及闺阁中各类事情的部分，又另抄录了一卷。回到家乡后，我又与她广泛搜集资料，将它续成一本书，名叫《奁艳》。这本书瑰丽奇特，精致幽秘，凡是古代女子，就将她们从头到脚，以及穿衣吃饭、所用器具、亭台歌舞、针神才藻，下至禽鱼鸟兽，即使像草木这样无情的事物，但凡稍稍涉及感情，都收录进去，归纳到这本香艳美丽的书中。现在这细字红笺、条分缕析的书还在书匣里。客居那年春天，顾夫人曾从远方向小宛借阅此书，与龚鼎孳先生品评其中的精妙，并给予了极高的称赞，还催促我赶快把它精印出来。我现在就应该为她校对收集，好实现她生前的志愿。

小宛初到我家时，看见董文敏为我书写的《月赋》一文，乃是仿照钟繇的字体，酷爱临摹，之后就到处寻找钟太傅的各类字帖去学习。后来她看到钟繇所写的《戎辂表》称关帝君为贼将，就不再学钟体而改临摹《曹娥碑》，一天写数千字，既不错字，也不掉字。我读书凡有要摘抄的部分，她立即抄写成卷，无论是历史还是诗章，是逸事还是妙句，我都以她为“记事珠”。她还曾替我书写小楷扇面，赠送给亲友们，而夫人在柴米油盐上的琐屑小事，以及内外进出账目，她都是亲笔分类登记，一丝一毫也不遗漏。她的细致与专心，就是我这样好学的人也很少能赶得上的。

小宛曾经在苏州学画，虽未能学成，但也能画几笔寒树枯枝，笔墨亦是楚楚动人。她时常伏在几案上独自写写画画，对于古今绘画有特殊爱好。偶然间得到长长的画卷、小小的画轴和家中竹筒里所藏的旧画，她都会时时拿出来欣赏。我们流离失所的时候，她宁可丢掉梳妆器具，也要把书画捆载着随身携带。最后不得已，把画卷的装裱都尽数裁掉，只留下纸绢画面，但即使是这样也还是没能使它们免掉丢失的厄运，这只怪书画的命运不好，而小宛对书画的爱好，确实是真真真切切的，且已达到了极致。

小宛很能喝酒，自从到了我家，见我的酒量很小，连用蕉叶杯盛着的一杯酒都不能承受，就不大饮酒了，每晚只陪着我夫人喝几杯而已。但她喜欢喝茶这一点和我很相似，又都喜欢喝岕片。每年半塘的顾子兼总是会挑选最好的岕片给我们寄过来，那种岕片像片甲蝉翼一样奇异。用活泉水在小鼎内煮茶，文火细细，烟雾弥散，小宛一定要亲自吹火烹茶，洗涤茶具。我每次吟诵左思的《娇女诗》中“吹嘘对鼎鬲”的句子，小宛听了都会开颜欢笑。到了“沸乳看蟹目鱼鳞，传瓷选月魂云魄”这句的时候，就更觉得诗歌写得精妙绝伦。每当我们在花前月下，静静地相对，试品香茶时，那茶杯中碧水沉沉，香气泛出，真像是木兰沾着露水含苞待放，像仙草临着清波优柔摇摆，完全具备了卢仝、陆羽所描绘的那种境界。苏东坡说：“分无玉碗捧蛾眉。”而我一生的清福，已经被这九年占满了，也因为这九年折尽了。

小宛常常和我静坐在香阁中，细细品味名香。各种宫香的香味过重，而沉香的香味又太俗。俗人把沉香放在火上，香烟扑面，十分油腻，一会儿就灭了，不但香的味道没有出来，就是揣在怀里和袖中，也带着一种焦腥味。有一种质地坚固细致而横生着纹路的沉香，叫作“横隔沉”，就是四种沉香中有着横纹相隔的那种，这种香特别奇妙。又有一种沉香没有结成纹理，像小笠帽的大菌子一样，叫“蓬莱香”，我积攒了很多。熏香时常是用小火隔着细砂，使它没有浓烟，这样楼阁里的气味就像清风吹过寺院、甘露滋润蔷薇、把琥珀磨热、将酒倾倒在犀角杯里一样幽微清雅，用它长期在衾被枕头之间熏蒸，和肌肤的香味融在一起，非常甘甜美艳，使人在睡梦中都感到舒适。此外我还有真正的西洋香料，是从皇宫里得到的，完全不同于市面寻常货。丙戌年我客居海陵，曾与小宛亲手制成数百粒香丸，实在是闺阁中的独特之品，香料点燃时应以看不见烟为佳，若不是小宛精心细致，是不可能领略到这些的。黄熟香产自多个藩属国，以真腊国产的为最好，皮质坚硬的叫黄熟桶，香气佳妙而通畅；黑色的叫夹栈黄熟，南粤附近东莞茶园村的土人种植黄熟，技艺就像江南人种茶那样娴熟，他们种的黄熟树干低矮，枝丫繁茂，它的香料部分出在树根上。从苏州来的内行人发现，将黄熟的根剔除并切断使之露出内里的白色部分，能使黄熟香疏松腐朽的地方全部削去，也能使油腻的根梢、黑铁般的表层尽数去除。我和小宛客居在半塘时，知道金平叔最精通于此道，曾多次花费重金向他购买这种黄熟香。块状的香洁净光润，长形弯曲的香像盘旋虬绕的枝条，都是从它根部有结的地方顺着纹路长出来的，纹路像金黄的云缕、紫色的刺绣，间杂着鹧鸪斑，可以揩擦，可以赏玩。寒冷冬夜，在小屋里，四周垂挂着玉色的帐帷，毛毯层层重叠，点燃二三支两尺多高的绛红色蜡烛，室内陈设参差有致，堂前几案错综摆列，置上几个大小宣炉，让里面的炭火整夜保持温热，那色泽就像流动的黄金、玉色的粟米一样。仔细拨开一寸刚刚烧尽的炭灰，在上面隔着一层砂瓦放上香料熏蒸，经过半夜，一整块香凝然不动，不枯焦也不烧尽，浓郁蓬勃的香气朦胧浮动着，剩下的就只是糖结般纯净的香脂。热气香味之间，有梅花半开，带着鹅梨和蜜脾的芬芳，静静地渗透到鼻息中。想起我俩多年来，共同留恋这样的味道和情境，经常直到拂晓时分晨钟敲响还没入睡，我与小宛细细揣摩着闺中怨女斜倚着薰笼、把炉中的香灰都拨弄冷了还等不到夫君归来的悲苦心情，而我俩却如同身在花蕊绽开的香丛深处。如今，人与香气都消散了，要怎样才能得到一粒返魂香，让她重返这幽香僻静的厢房中来呢？有一种生黄香，也是从树木枯朽了的肿痈处，取出其中香脂凝成、脉络交结但还很嫩没有长成的部分。我曾到过三吴和白下，大量收集这种生黄香，装在筐箱中，其中有很大块面的和粤地客人自己携带的，甚至还有整株树根用尘土封存的，我都留意寻得，带回来，与小宛在一早一晚拿来做清雅的功课，督促婢女们用手把它们剥出来，经常是一斤仅剥出几钱，巴掌大的一块仅能削出一片，要把根木全部挖空一缕一缕剔净，就连最细小的地方也不遗漏，这种嫩香脂不要说焚烧熏蒸，就是嗅一嗅，那味道也如芝兰般芳香无比。盛在小巧的盘子里，层与层之间颜色各异，香味不同，可以赏玩，可以食用。过去我曾把一两块这样的香拿给粤地的朋友黎美周看，他惊讶地问这是什么，从什么地方得到如此精妙的东西。即使在《蔚宗传》中也恐怕没有见过。还有，东莞以女儿香为绝品，因为土人都让少女来挑拣香料。女子择香时先把最好的大块藏了起来，暗中用脂粉和它调换，好事者又从脂粉担子中把它调换出来。我曾经在一位姓汪的友人那里得到好几块这种女儿香，小宛最为珍爱。

我家还有家中的那些园亭，凡有空隙之地，都种上梅花，春天时人们早晚进出，都身处在烂漫的香雪之中。小宛在梅花含蕊待放的时候，先看准梅枝的姿态，使它能和几案上的净瓶相配合，或者提前一年就将枝条修剪得很适合于插瓶，等到梅花开放时刚好采下供在几案上，哪怕是四时的草花竹叶，小宛都能用智慧绝才去经营它们，领略它们特殊的清香，使淡淡的韵味和清幽的香气总是如蒙蒙细雨般弥散在迂回幽深的房中。那种艳丽富贵、大红大紫的花，则不是她所欣赏的。秋天到来的时候，她尤其喜爱晚菊，去年秋天她在病中，有朋友送给我一种名贵的菊花，叫“剪桃红”，花开得繁盛而茂密，叶子碧绿，仿佛染过一般，枝条浓密，婀娜多姿，每一根枝条都有被云层覆盖、轻风吹斜的姿态。小宛当时已抱病三个月，还能勉强起床梳洗打扮，她看到“剪桃红”十分喜爱，就把它留在几榻旁边。每天晚上，她高高地点起青绿色的蜡烛，用白团扇曲曲折折地把花的三面围起来，然后放一个座位在花间，位置和菊影配合起来极其参差有致，妙雅华丽，她这时才走入其中，人在菊花丛中，菊与人都在花影中。她回身看着屏风，对我说：“菊花的意态已经尽了，它和人相比谁更清瘦呢？”现在回想起来，那情景就像一幅淡雅秀丽的画卷。闺房中蓄养着九节兰和在秋季开花的建兰，这样从春到秋，室内都有楚地的风韵，小宛用兰花来沐浴双手，越发增加了肌肤的芳香。她在绿色的信笺上把《艺兰十二月歌》亲手抄下来贴在墙上。去年冬天，小宛生病，兰花枯萎了一大半。楼下有一株腊梅，每年腊月能花开万朵，可供三个月插瓶戴发。去年冬天，小宛搬到香俪园静养，腊梅数百条枝丫都不曾开一朵花，只听到松涛阵阵，平添了凄凉之感罢了。

小宛最爱月亮，总是随着月亮的升起和沉落而或走或停。夏天她在小苑里乘凉，教儿童吟诵唐人歌咏月亮、流萤和纨扇的诗篇，屡次移动半榻和小几，好欣赏领会夜空中不同方向的月亮的美感。半夜回到闺阁中来，还要推开窗户让月光继续照耀在枕席之间，月亮西移了，她还要卷起帷幔倚窗而望。她对我说：“我书写谢希逸的《月赋》，古人‘厌晨欢，乐宵宴’，大概由于夜晚是一天中最安逸的时刻，月光的气质非常静谧，在碧蓝大海和浩瀚青天映衬之下，月光如霜露般洁白，如冰雪般明净，比起艳阳下的万丈红尘，迥然不同，如同凡界与仙境的区别一样。人们平时的生活太嘈杂了，这份嘈杂到了夜晚也不能休止，或者有人在月亮还没有出来时就已经鼾睡了，那些月光下的桂花与露影，他们就没有福气去消受。我和你共同度过了一年中漫长的四季，在那些娟秀高洁的月夜，领略若隐若现的幽香，体悟仙路禅关的奥妙，都是在这样的安静之中得到的。”李长吉在诗中说：“月漉漉，波烟玉。”小宛每次吟诵到这六个字，总是反复回味，认为日月的精神气象和韵味光景，都尽在其中了。人亲身走进这个“波烟玉”的世界，眼神如水波荡漾，气息如云烟缥缈，身体就像白玉般洁净，人就好像是月亮，月亮又好像是人，人月相融，是一是二，就分不清了。只觉得贾岛所说的“倚影为三”的话都很累赘，至于其《玩月》中“淫耽”“无厌”“化蟾”的诗句，则得到了赏玩月色的真谛了。

小宛生性淡泊，对于肥厚甘甜的食物，她没有一样喜欢的，每次吃饭，她只用一小壶芥茶泡饭，加上几根青菜、几粒豆豉，就算一顿饭了。我的饭量最小，但喜欢吃香甜食品以及各种海味、风熏制品，又不怎么独自吃饭，常常喜欢和宾客们一起品尝。小宛知道我的偏好，竭力制作洁净美味的食物，用美好的盛器端到席面上来，这些食物品种繁多，不可能详细记载，随便举几个例子，就可见一斑。她把甘甜的食物酿成香露，中间加上腌制过的梅花，凡是有颜色有香味的花蕊，都在刚刚开放时采下来腌渍。经过一年，香味、颜色不变，红嫩鲜艳得像是刚刚摘下来一样，而花汁融进露液中，入口芬芳扑鼻，奇异的香味和艳态，不是寻常食品可比的。最美味的是秋海棠露。海棠本来没有香味，海棠露却偏偏散发着浓郁的芳香。还有一种，俗名叫作“断肠草”，过去以为不能吃，但它的味道却比任何花朵都好。其次有梅花、野蔷薇、玫瑰、丹桂、甘菊之类。至于黄橙、红橘、佛手、香橼，剥开后除去丝丝缕缕的白络，则颜色和味道更佳。酒后端出数十样，五彩缤纷在白瓷碗中浮动，可以解酒消渴，就是承露盘中的仙露的滋味也难以和它们一较高下。取出五月的桃汁、西瓜汁，把里面的一瓤一丝都过滤干净，用文火熬到七八分，再用糖搅拌着细细地熬，桃膏像大红色的琥珀，西瓜膏可与金丝内糖媲美，每到酷暑时节，小宛必定要亲手取出桃汁、瓜汁以保证清洁，坐在炉边静静地守着火候等它们熬成膏糖，为了不使它焦煳，还把它们分为浓淡好几种，这有着特别的颜色和香味。制作豆豉，挑颜色和气息要优先于挑味道。黄豆要九晒九洗才比较适宜，果瓣的衣膜都要剥去，加上瓜杏姜桂种种佐料和酿豆豉的汁水，保证洁净，再搅拌在一起。豆豉熟透后取出，粒粒可数，而且香气浓烈，颜色特别，味道和普通的豆豉迥然不同。做红腐乳要先烘、蒸各五六次，等到里面酥软了，然后切开表层，加上调料，等到几天之后做成，绝对超过福建建宁县贮放三年的腐乳。其他还有冬春季节各种以盐水制成的腌菜，小宛能做到黄色的如蜡，绿色的如藻。香蒲、小藕、竹笋、蕨类、鲜花、野菜、枸杞、茼蒿、芙蓉、菊花之类，她无不采来做成食品，美味的食物摆满了饭桌。熏肉久熏之后没有油，有松柏的气味。风鱼风久了像火腿，有麂鹿的味道。醉蛤蜊的颜色宛如桃花，醉鲟鱼的骨质如同白玉，油蜎像鲟鱼，虾松则如龙须，烘兔肉、酥野鸡肉做成糕饼，可以放入笼内蒸着吃。菌脯像鸡枞，豆腐汤像牛奶。小宛仔细研究食谱，周围膳食精美的人家如果有独特的烹饪技巧，她就访问求教，而又用聪明智慧去加以变化改造，没有一样食物经过她的手能不异常美妙的。

甲申年三月十九日京城发生事变，我们县里在四月十五日之后，才听到确切的消息。地方官吏非常懦弱，豺狼虎豹盘踞在城内，扬言要放火抢劫，郡县中又有关于兴平伯高杰的部下四处溃散的警报。和我家居住在同一条街坊的绅士秀才们，一时害怕得都作了鸟兽散，去了江南。我家住在集贤里，世代恭谨谦让，父亲决定不逃难，关起门来自守。过了几天，上上下下三十多户人家，只有我家还有炊烟升起。我的老母亲和夫人感到害怕，暂时躲避在城郭之外，留下小宛侍候我。小宛锁上内室，打点衣服物品、书卷画轴、文稿银券，分门别类，分散开来交给各个仆人婢女保存，都亲手书写标识并封存好。

一群匪徒每日横行，四处抢劫，杀人如草，而左邻右舍中留下的人已寥如晨星，看形势，我们是再难以独立坚持下去的，只好找了条小船，侍奉双亲，带上家小，准备突出重围冒险渡过南江到澄江北边去。一夜行了六十里路，抵达了泛湖洲朱家，这时江上盗贼蜂起，我先从小道上化装成老百姓送父亲从靖江走，夜半时，父亲对我说："途中需要零碎银子，没处兑换。"我向小宛要，小宛拿出一个布袋子，里面的银子从几分重的到几钱重的，每十两一共有几百小块，都在上面标注了重量，以便仓促之间随手取用。父亲见了，惊讶并且感叹，说小宛怎么有空能顾及这么琐屑的细节呢！

此时出比平日的价格高出十倍的费用船夫都不肯走，又推迟了一日，我用一百两银子雇了十条船，又用一百多两银子招募了二百人护船。刚刚行驶了几里，江潮落了，船走不动，难以前行。遥望江口岸上，几百名强盗占据了六条船形成了犄角之势，守着关隘正等待着我们，幸而江潮已落，他们不能下江来。朱宅的主人派了个膀大腰圆的壮汉游过来报信说："后面岸上的大路已经被强盗截断，不能回去了。"雇来护船的二百多个保镖中，也有盗贼的同伙，这时我雇的十条船上的人骚动起来，仆从们呼喊流涕。我笑着指着江上的众人说："我家祖孙三代都在船上。自我的先祖到我们祖孙父子，六七十年来，不论外出做官的还是居留家乡的，从没做过违背民心、辜负别人的事情，如果今天我们一家老小尽数死于盗贼之手，葬身鱼腹之中的话，那是因为头上苍苍青天不长眼，脚下茫茫大江不公平！现在江潮忽然早早降落，使他们不能靠近我们的船，就是天意。你们不要惊慌，就算是船上暗藏的盗贼也不能伤害到我们。”之前在晚上收拾行李登舟的时候，我就想过，大江连海，老母亲和小孩子们，都从来没有经历过如此奇险的情况，万一遇上打头风，想找路登岸，到哪里去雇轿子车辆？三更时我就把二十两银子交给一个姓沈的人，叫他去雇两乘轿子、一辆车子、六个脚夫。姓沈的人和众人都很诧异，笑道：“明天早上一扬帆，还不到中午就到了对岸，何必深更半夜去花这种既难办又没什么用处的钱？”请人张榜去招募轿夫，看的人都笑倒了。而我一定坚持要办好这两件事，再开船出发。到这时，我虽然神态自若，实际上进退维谷，无法立刻脱险，就问他们离江不远的地方有没有别的口岸能通到泛湖洲。船伙说：“从这里横向行驶半里上岸有一条小路，走六七里，就可以到达那里。”我急忙命令船工奋力摇桨来到岸边，我先前所雇的三种轿子马车，刚好可以坐下七人。我把行李婢女都丢在船上，一会儿工夫就抵达了朱宅，众人这才开始赞叹我在半夜时一定坚持水陆兼备是神机妙算。

大盗得知我从江中逃走了，我又在朱宅联络了几百人为我保护行李人口，盗贼虽然散去了，但并没有死心，他们倚仗着在江上可以无法无天，况且又正逢上没有王法的乱世，光天化日之下竟又聚集数百人，派人对我说，给他们一千两银子，否则就要包围朱宅，四面放火。我又笑着答道："这些强盗太愚蠢了，在江中都截不住我们，现在想在有几百家人口居住的泛湖州上来放火烧宅，怎么能得逞呢？"但泛湖洲的人，虽然名义上是保卫我们，也有许多人是图谋不轨的。我于是拿出全部的钱，召集全庄人把钱都给了他们，叫他们在夜晚杀牲口设酒宴，对内齐心协力保卫村庄，对外防止盗贼展开偷袭。庄上几百个人喝酒分钱，都到别的地方去了。我于是就在这天晚上，一手搀着老母，一手牵着夫人逃生，两个儿子又小，小弟才刚刚生下来十几天，由他的母亲托付给一个忠实的仆人抱着陪同，从村庄后面幽深的竹园中蹒跚地逃出来，这时我根本没法腾出手来援助一下小宛。我回头对她说："你快一点走，跟在我后面，走慢了就跟不上了。"小宛一个人在后面颠簸踉跄地尾随着，跌倒了又爬起来，走了一里多路，这才找到昨天所雇的轿和车，急驰到五更，才到了城下，盗贼和朱宅居心叵测的人，还不知道我们全家已离开了那里。然而我们虽然安全脱身，行李已散失了大半。小宛所珍爱的物件全部丢失了。小宛回家后对我说："大难临头的时候，你首先考虑老母，其次考虑夫人、儿子、幼弟是应该的。我就是跟在后面颠簸行路没跟上，死在竹林里也没有什么遗憾。"端午节我们回到家中后，时刻保持警惕，和那些乱军叛匪共处了一百多天，我到中秋节时才渡江去了南都。离开小宛五个月，直到腊月底才回家，然后带着全家人到父亲督运漕粮的官任上去，先离开江南，接着又寄居在盐官城的朋友家中。我由此感叹小宛是这样深明大义、通达变通，就是读书破万卷的人恐怕也做不到这样。

乙酉年我们流落到盐官城客居，五月时盐官也陷落了，清兵复下江浙。我家亲人不过八口，去年夏天在江上受累赘，是因为仆人婢妇杂乱随行，加起来有百人，又带了许多笨重的行李塞满了车船，所以不能轻装离开。如此看来，这次决定置生死于度外，关门自守不去逃难。盐官城中，人们开始自相残杀，十分哄乱，双亲不得安生，又移居到城外一处叫大白的地方。我独独让小宛率领婢女仆妇死守家中，让家里的一个人、一个物品都不能出城，以免带来后患。如此一来，就算要护送双亲、带着妻子儿女出去流亡，也能轻装而行。但是事情总是不如意，家人带着行李纷纷违命出城去了。清兵逼近檇李，剃发的命令刚刚下发，人心越发惶惶不安。父亲又先到惹山去了，一家人里里外外更加不知所措，我于是与小宛诀别说："这次逃难，不像从家里逃出来时，还有左右手相帮衬，我孤身一人，又为沉重的家庭所累，与其危难当口抛弃你，不如先给你安排好一个去处。我有一个朋友，很讲信义，才华横溢，把你托付给他，以后如果我们还能重逢，当然一定要和你结缔一生欢爱，否则就听任你自便，不要再以我为念。"小宛说："先生说得很对。一家人都是依赖先生过日子，没有什么决定不是由先生安排的。先生上有父母，下有子女，都是比我重要百倍的人，若是我的事让先生分心牵挂，不但无益，反而有害。我随着先生的朋友去，倘若可以保全自己，我发誓拼尽全力也要等先生回来；假如我遇到什么不测，从前我与先生纵观大海时的万顷狂澜就是我的葬身之处了！"我正准备让她离去，而父母对我独独割舍小宛觉得不舍，还是叫她随我们全家同行。自此之后一百多天，我们都在深山老林、偏僻小路、茅屋渔艇之间辗转流离。或者一月迁徙一次，或者一天迁徙一次，或者一天迁徙几次，忍受着饥饿和寒冷，顶风淋雨，辛苦不能一一细数，后来终于还是在马鞍山遇到南下的清兵，烧杀抢掠，奇惨无比，幸而得到一艘小船，一家八口飞渡天堑，至亲骨肉才得以保全，而小宛所受到的惊吓、所承受的疾病痛苦，已经到了人的极致了。

自从在秦溪遭难之后，仅仅是我们一家老少八口得以幸免，而当时的仆人婢妇被杀死抢走的有二十几人，我生平所收藏的古玩、衣物、珠宝之类，也都遗失得一干二净。战乱稍稍安定后，我竭尽全力回到盐官城，向诸位友人告急，去时连包袱行李也没有准备。夜晚，就到与父亲同年登科的方坦庵伯父那里寻求庇护。方伯父也是逃难刚回，我从他那里只得到一条毛毯，和三兄弟一起睡在耳房里。当时正值残秋，夜风从四面的破窗里穿进来。第二天，各人四处奔走，从各家各户讨回点米和柴，这才暂时把父母和家眷接回盐官旧居，我则感染了风寒，痢疾又随之而来。横了一张白木门板在地下当作床榻，离地只有一尺多高，堆了几床破絮御寒，炉子里烧着桑树枝条，汤药里缺乏治病滋补的药饵。况且苏州城中动乱未定，又传闻家乡也发生了遗民暴乱的事件，我自从重阳节以后就神志溃乱昏迷不醒，到冬至时已僵硬濒死，有一夜我醒过来，历经艰难得到一条破船，从遍野横尸中冒险渡江，又不敢回故乡，就暂时栖身在海陵。从冬到春，经过了一百五十日，病才稍稍痊愈。这一百五十日里，小宛仅仅卷一张破席，横卧在我的身边，我冷时她拥抱着我，我热时她为我扇风送凉，我疼痛时她为我抚摩。她或者让我枕在她的身上，或者呵护着我的双足防止受凉，或者随着我的行动而欠伸起伏，左右护卫，只要能使我的病体稍微舒坦一点，她都用身体去迁就回应。漫漫长夜，无形无声，她也要留心察看倾听。喂汤药时，以口试温，手口交替并用，甚至粪便都要闻一闻，看一看，以观察我的病情是否好转。她每天只吃一顿粗茶淡饭，除了向上天祈祷，磕头乞求神灵保佑以外，她总是跪在我的面前，温柔地劝慰，委婉地开导，希望我能开颜一笑。我久病失去了常性，不时暴怒发脾气，对她侮辱责骂，她却毫无忤逆抱怨的神色，五个月如一日。每当看到小宛明丽的笑靥变得蜡黄一片，柔弱的身骨变得细瘦如柴，我的母亲和夫人都很怜惜她，也很受感动，愿意替她服侍我一阵子。小宛说："竭尽我的心力，去报效先生是应该的。先生活着，我就是死了也跟活着一样；倘若先生有什么不测，我留着这条命，在这种兵荒马乱之中，能依靠谁呢？"更回忆起我病痛剧烈的时候，整夜不能入睡，猛烈的秋风掀掉了房瓦，盐官城中，每天要杀几十上百个人。夜半鬼哭般的呼叫声，传进我的破窗，如蟋蟀在悲鸣，又像箭在风中呼啸而去。饥寒交加的全家人劳累一天后都熟睡了，我坐在小宛身前，后背贴着她的胸口，她紧紧握着我的手，静静倾听，那种凄厉激烈、荒凉悲惨的声音令人唏嘘流泪。小宛对我说："我到先生家来整整四年了，每天都亲眼看到先生的所作所为，有慷慨等许多美好的品德，一丝一毫也不沾染轻薄与邪恶。凡是先生受过的罪，只有我最清楚最理解，我敬重先生的心，实在超过爱先生的身体，你的身体是连鬼神也要赞叹畏避的。如果苍天有知，定会默默保佑。但人身处这样的境地之中，充满了奇异的悲惨艰险，奔波或躲藏都经历了，如果不是金石，很少有不消亡的。他日如果我们有幸能生还，我一定要和先生抛弃一切身外之物，逍遥物外，先生千万不要忘记我今天说的这番话呀！”唉，我这一生用什么才能报答小宛的情义呢？小宛绝不是人间平凡的女子啊！

丁亥年，我受仇人诬陷，那些谗言足以销毁黄金，人心就像太行山的盘山小道般令人捉摸不透，我胸中仿佛压着五岳，整个夏天心情都十分抑郁，唯有一早一晚烧纸向关帝君祷告。一直以来我都患有奇怪的疾病，大量便血，肠胃中像积了几千块石头一样。突然发冷发热，一会儿能说几千句话，都是些没头没脑的胡话，或者几天几夜昏睡不醒。医生盲目地使用补药，病情越发加重，滴水不进的日子就有二十多天。这一次大家都说我必死无疑，我心里却十分明白，知道自己的病不是从外界而来的。小宛在盛夏酷暑之中，顾不上为自己擦拭汗水、驱赶蚊虫，日日夜夜守在炉边煎药，在枕旁脚边周到地伺候我整整六十个日夜，我想到的和没想到的，她都先后为我做到了。己丑年秋天，我又生了背疽，又是这样病了一百多天。我五年来病危三次，每次害的都是要人性命的大病，但我却仍然能够活下来，若不是靠了小宛的力量，恐怕未必能够如此顽强地活下来吧。如今小宛先我而死，而她临死时唯一考虑到的却是怕她的死会加重我的病情，又担心我今后病了她再也不能来服侍了，小宛无论生死都对我如此缠绵多情，实在是令人悲痛万分！

我每年元旦，一定要在关帝君前算上一卦，占卜一下当年的事情。壬午年我特别想要考取功名，祈祷后看到签首第一字，是一个“忆”字。全诗是“忆昔兰房分半钗，如今忽把音信乖。痴心指望成连理，到底谁知事不谐”。我当时反复探索玩味也不能明白其中的意思，就是从全诗看来，也不是预测功名前途这一类的话。等到遇上小宛，在四月底游完金山相互辞别之后，小宛回家闭门吃素，十分虔诚地在虎疁关帝君前占卜，许下心愿要终身追随我，也抽到了同样的签。秋天她到秦淮来，把这件事告诉我，担心我们的心愿不能达成，我听了很惊讶，说这与元旦我得的那个签正相合。当时有个朋友在座，说：“我应该给你们两个人在西华门一并求一签。”结果还是得到这个签。小宛更加疑虑害怕，并且担心我看见这个签会中途对彼此的感情产生懈怠之心，因此满面忧愁，但这以后她跟随我的心愿毕竟还是得到了满足。“兰房”“半钗”“痴心”“连理”，都完全是描写闺房之事的话语，“到底”“不谐”，在今日终于应验了。唉，我今后的岁月，都只能用来漫长相忆了。“忆”字的奇特，终究在此处应验了！

小宛的衣物首饰，全都在逃难时遗失了，回家后她对平淡的日子很知足，不添置一件东西。戊子年七夕，她看到天空上流动的云霞，忽然想到要把它们描画在金色的手镯上，并叫我写了“乞巧”两个字，我想不出可以对仗的词，小宛说：“昔日我在黄山一座大殿之中，看到了覆祥云真宣炉，款式十分美妙。请用‘覆祥’对‘乞巧’。”这副手镯被我们描绘镌刻得非常精致。过了一年，手镯忽然断了，又重新做了一副，恰好也是在七月，我改书为“比翼”“连理”。小宛临终之时，从头到脚，不戴一件金银珠宝，不穿纨缎绮纱，独独戴着那对手镯不摘下来，因为上面有我题的字。唐明皇与杨贵妃曾在长生殿里夜半私语，贵妃死后，只能叫招魂的术士寄语唐明皇，我当时为何要如此轻率地写下类似的话语，竟使《长恨歌》的悲剧再度被谱写呢？

小宛的书法秀丽妩媚，学的是钟太傅钟繇的字体，但比较清瘦，后来她又学《曹娥碑》。我只要有了需要点校的书卷，她必然准备好清净的笔洗，或是在静夜焚香，细致地抄录。成卷的《闺中诗史》，都是她遗留的手迹。她偶尔也有小小的诗作，自己大多不保存。客居盐官城那年的大年初二，她就为我抄写《全唐五七言绝句》的上、下两卷。这天她偶然读到一位七岁女孩所写的“所嗟人异雁，不作一行归”的诗句，为之潸然泪下。到了夜里，她和着这位女子的诗韵，写成八绝，那诗句悲哀凄怨，令人不忍多读。我起来挑灯一看，心中大为不悦，就把它夺过来烧了，于是就失去了这篇诗稿。真是令人伤心并感到奇异啊！她恰恰是在大年初二这天长逝人间的。

庚寅年的三月，我想重回盐官城去，访问一下患难之中帮助过我的朋友们。到了邗江，被同社的朋友们留住。当时我正四十岁，许多名流都来为我写诗。龚鼎孳独独叙写小宛的事迹，写成数千言，就连《帝京篇》和《连昌宫词》都不足以与之媲美。龚鼎孳对我说：“这首诗你自己不加以注释，我的一番苦心就看不出来。比如说‘桃花瘦尽春醒面’这七个字，吻合着已卯年小宛喝醉酒见到你和壬午年生病时见到你两次的情景，你要不注释，又有谁知道个中情由呢？”我当时答应着，但没有立刻去写。其他的诗如园次的“自昔文人称孝子，果然名士悦倾城”、于皇的“大妇同行小妇尾”、孝威的“人在树间殊有意，妇来花下却能文”、心甫的“珊期架笔香印屧，著富名山金屋尊”、仙期的“锦瑟蛾眉随分老，芙蓉园上万花红”、仲谋的“君今四十能高举，羡尔鸿妻佐春杵”、我的同乡徂徕先生的“韬藏经济一巢朴，游戏莺花两阁和”、元旦的“蛾眉问难佐书帏”，都是为我得到小宛而庆贺。谁能想到当时酒宴上喜庆的劝酒之言，今日却成了小宛墓前的哀悼之词呢？读了我这些拉拉杂杂的叙述，应当知道诸位先生的诗歌写得有多好，而我去年春天不曾为之加注的龚鼎孳的诗，推迟到今天，也只能用血泪和着墨汁来书写了。三月末，我又搬到友沂家的友云轩居住。长期客居在外，卧床时又见窗外在下雨，思念家乡的心情十分强烈。晚上雨霁天晴，龚鼎孳和于皇、园次过来慰问我，一起饮酒，听艺伎弹奏唱曲，当时我归家的心情更加迫切，便限韵让大家各作诗四首。不知是何缘故，大家的诗中都有悲凉之情。三更后他们告别而去，我刚躺下睡着，就梦见回到家中。全家人都见到了，唯独没有看到小宛。我急忙询问夫人，夫人不回答。我又到处寻找，看见夫人背着我流泪。我在梦中大声喊道：“难道她死了吗？”到此处不禁悲恸万分，一下子就醒了。小宛每年春天总要生病，我深深地怀有疑虑，于是立刻回家去了，看到小宛并没有患什么疾病，便抽空把这件事告诉她。小宛说：“奇怪得很，先前我也是在这天夜里梦到几个人强迫我跟他们走，我藏了起来幸而脱身，那些人还在那里吵吵嚷嚷，不肯罢休。”难道那梦境是真的，而大家的诗是一语成谶的预言，都来事先向我预告这不幸的消息吗？

《影梅庵忆语》原文

作者简介：

冒襄（1611—1693），字辟疆，号巢民，明末清初的文学家，南直隶扬州府泰州如皋县（今江苏如皋）人，私谥潜孝先生。

冒襄少年时才华横溢，成年后，与桐城方以智、宜兴陈贞慧、商丘侯方域，并称“四公子”。冒襄相貌俊秀，才华横溢，心高气傲，以气节和才气闻名。清朝入关后，冒襄隐居，拒绝出仕。暮年家境败落，以卖字为生。

著有《先世前徽录》《朴巢诗文集》《岕茶汇抄》《水绘园诗文集》《影梅庵忆语》《寒碧孤吟》《六十年师友诗文同人集》等。

爱生于昵，昵则无所不饰。缘饰著爱，天下鲜有真可爱者矣。矧内屋深屏，贮光阒彩，止凭雕心镂质之文人描摹想像，麻姑幻谱，神女浪传！近好事家复假篆声诗，侈谈奇合，遂使西施、夷光、文君、洪度，人人阁中有之，此亦闺秀之奇冤，而啖名之恶习已。

亡妾董氏，原名白，字小宛，复字青莲。籍秦淮，徙吴门。在风尘虽有艳名，非其本色。倾盖矢从余，入吾门，智慧才识，种种始露。凡九年，上下内外大小，无忤无间。其佐余著书肥遁，佐余妇精女红，亲操井臼，以及蒙难遘疾，莫不履险如夷，茹苦若饴，合为一人。今忽死，余不知姬死而余死也！但见余妇茕茕粥粥，视左右手罔措也。上下内外大小之人，咸悲酸痛楚，以为不可复得也。传其慧心隐行，闻者叹者，莫不谓文人义士难与争俦也。

余业为哀辞数千言哭之，格于声韵不尽悉，复约略纪其概。每冥痛沉思姬之一生与偕姬九年光景，一齐涌心塞眼，虽有吞鸟梦花之心手，莫能追述。区区泪笔，枯涩黯削，不能自传其爱，何有于饰？矧姬之事余，始终本末，不缘狎昵。余年已四十，须眉如戟。十五年前，眉公先生谓余视锦半臂碧纱笼，一笑瞠若，岂至今复效轻薄子漫谱情艳，以欺地下？倘信余之深者，因余以知姬之果异，赐之鸿文丽藻，余得藉手报姬，姬死无恨，余生无恨。

己卯初夏，应试白门，晤密之，云："秦淮佳丽，近有双成，年甚绮，才色为一时之冠。”余访之，则以厌薄纷华，挈家去金阊矣。嗣下第，浪游吴门，屡访之半塘，时逗留洞庭不返。名与姬颉颃者，有沙九畹、杨漪炤。予日游两生间，独咫尺不见姬。将归棹，重往冀一见。姬母秀且贤，劳余曰：“君数来矣，予女幸在舍，薄醉未醒。”然稍停，复他出，从兔径扶姬于曲栏，与余晤。面晕浅春，缬眼流视，香姿玉色，神韵天然，懒慢不交一语。余惊爱之，惜其倦，遂别归，此良晤之始也。时姬年十六。

庚辰夏，留滞影园，欲过访姬。客从吴门来，知姬去西子湖，兼往游黄山白岳，遂不果行。辛巳早春，余省觐去衡岳，由浙路往，过半塘讯姬，则仍滞黄山。许忠节公赴粤任，与余联舟行。偶一日，赴饮归，谓余曰：“此中有陈姬某，擅梨园之胜，不可不见。”余佐忠节公治舟数往返，始得之。其人淡而韵，盈盈冉冉，衣椒茧，时背顾湘裙，真如孤鸾之在烟雾。是日演弋腔《红梅》，以燕俗之剧，咿呀啁哳之调，乃出之陈姬身口，如云出岫，如珠在盘，令人欲仙欲死。漏下四鼓，风雨忽作，必欲驾小舟去。余牵衣订再晤，答云：“光福梅花如冷云万顷，子越旦偕我游否？则有半月淹也。”余迫省觐，告以不敢迟留故，复云：“南岳归棹，当迟子于虎疁丛桂间。盖计其期，八月返也。”

余别去，恰以观涛日奉母回。至西湖，因家君调已破之襄阳，心绪如焚，便讯陈姬，则已为窦霍豪家掠去，闻之惨然。及抵阊门，水涩舟胶，去浒关十五里，皆充斥不可行。偶晤一友，语次有“佳人难再得”之叹。友云：“子误矣！前以势劫去者，赝某也。某之匿处去此甚迩，与子偕往。”至，果得见，又如芳兰之在幽谷也。

相视而笑曰："子至矣，子非雨夜舟中订芳约者耶？曩感子殷勤，以凌遽不获订再晤。今几入虎口，得脱，重晤子，真天幸也。我居甚僻，复长斋，茗碗炉香，留子倾倒于明月桂影之下，且有所商。"余以老母在舟，缘江楚多梗，率健儿百余护行，皆住河干，矍矍欲返。甫黄昏而炮械震耳，击炮声如在余舟旁，亟星驰回，则中贵争持河道，与我兵斗。解之，始去。自此余不复登岸。越旦，则姬淡妆至，求谒吾母太恭人，见后仍坚订过其家。乃是晚，舟仍中梗，乘月一往。相见，卒然曰："余此身脱樊笼，欲择人事之。终身可托者，无出君右。适见太恭人，如覆春云，如饮甘露，真得所天。子毋辞！"余笑曰："天下无此易易事。且严亲在兵火，我归，当弃妻子以殉。两过子，皆路梗中无聊闲步耳。子言突至，余甚讶。即果尔，亦塞耳坚谢，无徒误子。"复宛转云："君倘不终弃，誓待君堂上画锦旋。"余答曰："若尔，当与子约。"惊喜申嘱，语絮絮不悉记，即席作八绝句付之。

归历秋冬，奔驰万状，至壬午仲春，都门政府言路诸公，恤劳人之劳，怜独子之苦，驰量移之耗，先报余。时正在毗陵，闻音，如石去心，因便过吴门慰陈姬。盖残冬屡趋余，皆未及答。至则十日前复为窦霍门下客以势逼去。先，吴门有昵之者，集千人，哗劫之。势家复为大言挟诈，又不惜数千金为贿。地方恐贻伊戚，劫出复纳入。余至，怅惘无极，然以急严亲患难，负一女子无憾也。

是晚壹郁，因与友觅舟去虎疁夜游。明日，遣人至襄阳，便解维归里。舟过一桥，见小楼立水边。偶询游人："此何处？何人之居？"友以双成馆对。余三年积念，不禁狂喜，即停舟相访。友阻云："彼前亦为势家所惊，危病十有八日。母死，镝户不见客。"余强之上，叩门至再三，始启户，灯火阒如。宛转登楼，则药饵满几榻。姬沉吟询何来，余告以昔年曲栏醉晤人。姬忆，泪下曰："曩君屡过余，虽仅一见，余母恒背称君奇秀，为余惜不共君盘桓。今三年矣，余母新死，见君忆母，言犹在耳。今从何处来？"便强起，揭帷帐审视余，且移灯留坐榻上。谈有顷，余怜姬病，愿辞去。牵留之，曰："我十有八日寝食俱废，沉沉若梦，惊魂不安。今一见君，便觉神怡气王。"旋命其家具酒食，饮榻前。姬辄进酒，屡别屡留，不使去。余告之曰："明朝遣人去襄阳，告家君量移喜耗。若宿卿处，诘旦不能报平安。俟发使行，宁少停半刻也。"姬曰："子诚殊异，不敢留。"遂别。

越旦，楚使行，余亟欲还，友人及仆从咸云："姬昨仅一倾盖，拳切不可负。"仍往言别，至则姬已妆成，凭楼凝睇，见余舟傍岸，便疾趋登舟。余具述即欲行。姬曰："我装已戒，随路祖送。"余却不得却，阻不忍阻。由浒关至梁溪、毗陵、阳羡、澄江，抵北固，越二十七日，凡二十七辞，姬惟坚以身从。登金山，誓江流曰："妾此身如江水东下，断不复返吴门！"余变色拒绝，告以期迫科试，年来以大人滞危疆，家事委弃，老母定省俱违，今始归，经理一切。且姬吴门责逋甚众，金陵落籍，亦费商量，仍归吴门，俟季夏应试，相约同赴金陵。秋试毕，第与否，始暇及此，此时缠绵，两妨无益。姬仍踌躇不肯行。时五木在几，一友戏云："卿果终如愿，当一掷得巧。"姬肃拜于船窗，祝毕，一掷得"全六"，时同舟称异。余谓果属天成，仓卒不臧，反偾乃事，不如暂去，徐图之。不得已，始掩面痛哭，失声而别。余虽怜姬，然得轻身归，如释重负。

才抵海陵，旋就试。至六月抵家，荆人对余云："姬令其父先已过江来云：'姬返吴门，茹素不出，惟翘首听金陵偕行之约。'闻言心异，以十金遣其父去曰：'我已怜其意而许之，但令静俟毕场事后，无不可耳。'"余感荆人相成相许之雅，遂不践走使迎姬之约，竟赴金陵，俟场后报姬。

金桂月三五之辰，余方出闱，姬猝到桃叶寓馆。盖望余耗不至，孤身挈一妪，买舟自吴门江行。遇盗，舟匿芦苇中，柁损不可行，炊烟遂断三日。初八抵三山门，又恐扰余首场文思，复迟二日始入。姬见余虽甚喜，细述别后百日茹素杜门与江行风波盗贼惊魂状，则声色俱凄，求归逾固。时魏塘、云间、闽、豫诸同社，无不高姬之识，悯姬之诚，咸为赋诗作画以坚之。

场事既竣，余妄意必第，自谓此后当料理姬事，以报其志。讵十七日，忽传家君舟抵江干，盖不赴宝庆之调，自楚休致矣。时已二载违养，冒兵火生还，喜出望外，遂不及为姬谋去留，竟从龙潭尾家君舟抵銮江。家君阅余文，谓余必第，复留之銮江候榜。姬从桃叶寓馆仍发舟追余，燕子矶阻风，几复罹不测，重盘桓銮江舟中。

七日，乃榜发。余中副车。穷日夜力归里门，而姬痛哭相随，不肯返，且细悉姬吴门诸事，非一手足力所能了。责逋者见其远来，益多奢望，众口狺狺。且严亲甫归，余复下第意阻，万难即诣。舟抵郭外朴巢，遂冷面铁心，与姬诀别，仍令姬返吴门，以厌责逋者之意，而后事可为也。

阳月过润州，谒房师郑公。时闽中刘大行自都门来，陈大将军及同盟刘刺史饮舟中。适奴子自姬处来，云：姬归不脱去时衣，此时尚方空在体。谓余不速往图之，彼甘冻死。刘大行指余曰："辟疆夙称风义，固如是负一女子耶？"余云："黄衫押衙，非君平仙客所能自为。"刺史举杯奋袂曰："若以千金恣我出入，即于今日往！"陈大将军立贷数百金，大行以参数斤佐之。讵谓刺史至吴门，不善调停，众哗决裂，逸去吴江。

余复还里，不及讯。姬孤身维谷，难以收拾。虞山宗伯闻之，亲至半塘，纳姬舟中。上至荐绅，下及市井，纤悉大小，三日为之区画立尽，索券盈尺。楼船张宴，与姬饯于虎疁，旋买舟送至吾皋。至至月之望，薄暮侍家君饮于拙存堂，忽传姬抵河干。接宗伯书，娓娓洒洒，始悉其状，且即驰书贵门生张祠部立为落籍。吴门后有细琐，则周仪部终之，而南中则李宗宪旧为礼垣者与力焉。越十月，愿始毕，然往返葛藤，则万斛心血所灌注而成也。

壬午清和晦日，姬送余至北固山下，坚欲从渡江归里。余辞之，益哀切，不肯行，舟泊江边。时西先生毕今梁寄余夏西洋布一端，薄如蝉纱，洁比雪艳，以退红为里。为姬制轻衫，不减张丽华桂宫霓裳也。偕登金山，时四五龙舟冲波激荡而上，山中游人数千，尾余两人，指为神仙。绕山而行，凡我两人所止，则龙舟争赴，回环数匝不去。呼询之，则驾舟者皆余去秋浙回官舫长年也。劳以鹅酒，竟日返舟，舟中宣瓷大白盂，盛樱珠数升，共啖之，不辨其为樱为唇也。江山人物之盛，照映一时，至今谈者侈美。

秦淮中秋日，四方同社诸友感姬为余不辞盗贼风波之险，间关相从，因置酒桃叶水阁。时在座为眉楼顾夫人、寒秀斋李夫人，皆与姬为至戚，美其属余，咸来相庆。是日新演《燕子笺》，曲尽情艳。至霍华离合处，姬泣下，顾、李亦泣下。一时才子佳人，楼台烟水，新声明月，俱足千古。至今思之，不啻游仙枕上梦幻也。

銮江汪汝为园亭极盛，而江上小园，尤收拾江山胜概。壬午鞠月之朔，汝为曾延予及姬于江口梅花亭子上。长江白浪涌象，奔赴杯底，姬轰饮巨叵罗，觞政明肃，一时在座诸妓皆颓唐溃逸。姬最温谨，是日豪情逸致，则余仅见。

乙酉，余奉母及家眷流寓盐官。春，过半塘，则姬之旧寓固宛然在也。姬有妹晓生，同沙九畹登舟过访。见姬为余如意珠，而荆人贤淑，相视复如水乳，群美之，群妒之。同上虎丘，与予指点旧游，重理前事，吴门知姬者咸称其俊识，得所归云。

鸳鸯湖上，烟雨楼高。逶迤而东，则竹亭园半在湖内。然环城四面，名园胜寺，夹浅渚层溪而潋滟者，皆湖也。游人一登烟雨楼，遂谓已尽其胜，不知浩瀚幽渺之致，正不在此。与姬曾为竟日游，又共追忆钱塘江下桐君严濑、碧浪苍岩之胜。姬更云新安山水之逸，在人枕灶间，尤足乐也。

虞山宗伯送姬抵吾皋，时侍家君饮于家园，仓卒不敢告严君。又侍饮至四鼓，不得散。荆人不待余归，先为洁治别室，帷帐、灯火、器具、饮食，无一不顷刻具。酒阑见姬，姬云："始至正不知何故不见君，但见婢妇簇我登岸，心窃怀疑，且深恫骇。抵斯室，见无所不备。旁询之，始感叹主母之贤，而益快经岁之矢相从不误也。"自此，姬扃别室，却管弦，洗铅华，精学女红，恒月余不启户。耽寂享恬，谓骤出万顷火云，得憩清凉界，回视五载风尘，如梦如狱。

居数月，于女红无所不妍巧，锦绣工鲜。刺巾裾如虮无痕，日可六幅。剪彩织字、缕金回文，各厌其技，针神针绝，前无古人已。

姬在别室四月，荆人携之归。入门，吾母太恭人与荆人见而爱异之，加以殊眷。幼姑长姊，尤珍重相亲，谓其德性举止均非常人，而姬之侍左右，服劳承旨，较婢妇有加无已。烹茗剥果，必手进。开眉解意，爬背喻痒。当大寒暑，折胶铄金时，必拱立座隅，强之坐饮食，旋坐旋饮食，旋起执役，拱立如初。余每课两儿文，不称意，加夏楚，姬必督之改削成章，庄书以进，至夜不懈。越九年，与荆人无一言枘凿。至于视众御下，慈让不遑，咸感其惠。余出入应酬之费与荆人日用金错泉布，皆出姬手。姬不私铢两，不爱积蓄，不制一宝粟钗钿。死能弥留，元旦次日，必欲求见老母始瞑目，而一身之外，金珠红紫尽却之，不以殉，洵称异人。

余数年来欲裒集四唐诗，购全集、类逸事、集众评，列人与年为次第。每集细加评选，广搜遗失，成一代大观。初、盛稍有次第，中、晚有名无集、有集不全，并名、集俱未见者甚夥。《品汇》，六百家大略耳，即《纪事本末》，千余家名姓稍存，而诗不具。《全唐诗话》更觉寥寥。芝隅先生序《十二唐人》，称豫章大家，藏中晚未刻集七百余种。孟津王师向余言：买灵宝许氏《全唐诗》数车满载，即囊流寓盐官胡孝辕职方批阅唐人诗，剞劂工费，需数千金。僻地无书可借，近复裹足牖下，不能出游购之，以此经营搜索，殊费工力，然每得一帙，必细加丹黄。他书有涉此集者，皆录首简，付姬收贮。至编年论人，准之《唐书》。姬终日佐余稽查抄写，细心商订，永日终夜，相对忘言。阅诗无所不解，而又出慧解以解之。

尤好熟读《楚辞》、少陵、义山，王建、花蕊夫人、王珪三家宫词，等身之书，周回座右，午夜衾枕间，犹拥数十家《唐书》而卧。今秘阁尘封，余不忍启，将来此志，谁克与终？付之一叹而已。

犹忆前岁余读《东汉》，至陈仲举、范、郭诸传，为之抚几，姬一一求解其始末，发不平之色，而妙出持平之议，堪作一则史论。

乙酉客盐官，尝向诸友借书读之，凡有奇僻，命姬手抄。姬于事涉闺阁者，则另录一帙。归来与姬遍搜诸书，续成之，名曰《奁艳》。其书之瑰异精秘，凡古人女子，自顶至踵，以及服食器具、亭台歌舞、针神才藻，下及禽鱼鸟兽，即草木之无情者，稍涉有情，皆归香丽。今细字红笺，类分条析，俱在奁中。客春顾夫人远向姬借阅此书，与龚奉常极称其妙，促绣梓之。余即当忍痛为之校雠鸠工，以终姬志。

姬初入吾家，见董文敏为余书《月赋》，仿钟繇笔意者，酷爱临摹，嗣遍觅钟太傅诸帖学之。阅《戎辂表》称关帝君为贼将，遂废钟学《曹娥碑》，日写数千字，不讹不落。余凡有选摘，立抄成帙，或史或诗，或遗事妙句，皆以姬为绀珠。又尝代余书小楷扇，存戚友处。而荆人米盐琐细，以及内外出入，无不各登手记，毫发无遗。其细心专力，即吾辈好学人鲜及也。

姬于吴门曾学画未成，能作小丛寒树，笔墨楚楚，时于几砚上辄自图写，故于古今绘事，别有殊好。偶得长卷小轴与笥中旧珍，时时展玩不置。流离时宁委奁具，而以书画捆载自随。末后尽裁装潢，独存纸绢，犹不得免焉。则书画之厄，而姬之嗜好，真且至矣。

姬能饮，自入吾门，见余量不胜蕉叶，遂罢饮，每晚侍荆人数杯而已，而嗜茶与余同性。又同嗜界片。每岁半塘顾子兼择最精者缄寄，具有片甲蝉翼之异。文火细烟，小鼎长泉，必手自吹涤。余每诵左思《娇女诗》“吹嘘对鼎鬲”之句，姬为解颐。至“沸乳看蟹目鱼鳞，传瓷选月魂云魄”，尤为精绝。每花前月下，静试对尝，碧沉香泛，真如木兰沾露，瑶草临波，备极卢陆之致。东坡云：“分无玉碗捧蛾眉。”余一生清福，九年占尽，九年折尽矣！

姬每与余静坐香阁，细品名香。宫香诸品淫，沉水香俗。俗人以沉香著火上，烟扑油腻，顷刻而灭，无论香之性情未出，即著怀袖，皆带焦腥。沉香有坚致而纹横者，谓之“横隔沉”，即四种沉香内隔沉横纹者是也，其香特妙。又有沉水结而未成，如小笠大菌，名“蓬莱香”，余多蓄之。每慢火隔砂，使不见烟，则阁中皆如风过伽楠，露沃蔷薇，热磨琥珀，酒倾犀斝之味。久蒸衾枕间，和以肌香，甜艳非常，梦魂俱适。外此则有真西洋香方，得之内府，迥非肆料。丙戌客海陵，曾与姬手制百丸，诚闺中异品。然爇时亦以不见烟为佳。非姬细心秀致，不能领略到此。黄熟出诸番，而真腊为上，皮坚者为黄熟桶，气佳而通。黑者为夹栈黄熟。近南粤东莞茶园村土人种黄熟，如江南之艺茶，树矮枝繁，其香在根。自吴门解人剔根切白，而香之松朽尽削，油尖铁面尽出。余与姬客半塘时，知金平叔最精于此，重价数购之，块者净润，长曲者如枝如虬，皆就其根之有结处随纹缕出，黄云紫绣，半杂鹧鸪斑，可拭可玩。寒夜小室，玉帏四垂，毾㲪重叠，烧二尺许绛蜡二三枝，陈设参差，堂几错列，大小数宣炉，宿火常热，色如液金粟玉。细拨活灰一寸，灰上隔砂选香蒸之，历半夜，一香凝然，不焦不竭，郁勃氤氲，纯是糖结。热香间有梅英半舒，荷鹅梨蜜脾之气，静参鼻观。忆年来共恋此味此境，恒打晓钟尚未著枕，与姬细想闺怨，有斜倚薰笼，拨尽寒炉之苦，我两人如在蕊珠众香深处。今人与香气俱散矣，安得返魂一粒，起于幽房扃室中也！一种生黄香，亦从枯肿朽痈中取其脂凝脉结、嫩而未成者。余尝过三吴白下，遍收筐箱中，盖面大块，与粤客自携者，甚有大根株尘封如土，皆留意觅得，携归，与姬为晨夕清课，督婢子手自剥落，或斤许仅得数钱，盈掌者仅削一片，嵌空镂剔，纤悉不遗。无论焚蒸，即嗅之，味如芳兰。盛之小盘，层撞中色殊香别，可弄可餐。曩曾以一二示粤友黎美周，讶为何物，何从得如此精妙？即《蔚宗传》中恐未见耳。又东莞以女儿香为绝品，盖土人拣香，皆用少女。女子先藏最佳大块，暗易油粉，好事者复从油粉担中易出。余曾得数块于汪友处，姬最珍之。

余家及园亭，凡有隙地，皆植梅，春来早夜出入，皆烂漫香雪中。姬于含蕊时，先相枝之横斜与几上军持相受，或隔岁便芟剪得宜，至花放恰采入供，即四时草花竹叶，无不经营绝慧，领略殊清。使冷韵幽香，恒霏微于曲房斗室。至秾艳肥红，则非其所赏也。秋来犹耽晚菊，即去秋病中，客贻我剪桃红，花繁而厚，叶碧如染，浓条婀娜，枝枝具云罨风斜之态。姬扶病三月，犹半梳洗，见之甚爱，遂留榻右。每晚高烧翠蜡，以白团回六曲，围三面，设小座于花间，位置菊影，极其参横妙丽。始以身入，人在菊中，菊与人俱在影中。回视屏上，顾余曰："菊之意态尽矣！其如人瘦何？"至今思之，淡秀如画。闺中蓄春兰九节及建兰，自春徂秋，皆有三湘七泽之韵，沐浴姬手，尤增芳香。《艺兰十二月歌》皆以碧笺手录粘壁。去冬姬病，枯萎过半。楼下黄梅一株，每腊万花，可供三月插戴。

去冬姬移居香俪园静摄，数百枝不生一蕊，惟听五鬣涛声，增其凄响而已。

姬最爱月，每以身随升沉为去住。夏纳凉小苑，与幼儿诵唐人咏月及流萤、纨扇诗，半榻小几，恒屡移以领月之四面。午夜归阁，仍推窗延月于枕簟间，月去复卷幔倚窗而望。语余曰：“吾书谢希逸《月赋》，古人‘厌晨欢，乐宵宴’，盖夜之时逸，月之气静，碧海青天，霜缟冰净，较赤日红尘，迥隔仙凡。人生攘攘，至夜不休。或有月未出已齁睡者，桂华露影，无福消受。与子长历四序，娟秀浣洁，领略幽香，仙路禅关，于此静得矣。”李长吉诗云：“月漉漉，波烟玉。”姬每诵此三字，则反复回环，日月之精神气韵光景，尽于斯矣。人以身入波烟玉世界之下，眼如横波，气如湘烟，体如白玉，人如月矣。月复似人，是一是二，觉贾长江“倚影为三”之语尚赘，至“淫耽”“无厌”“化蟾”之句，则得玩月三昧矣。

姬性淡泊，于肥甘一无嗜好。每饭，以岕茶一小壶温淘，佐以水菜、香豉数茎粒，便足一餐。余饮食最少，而嗜香甜及海错风薰之味，又不甚自食，每喜与宾客共赏之。姬知余意，竭其美洁，出佐盘盂，种种不可悉记，随手数则，可睹一斑也。酿饴为露，和以盐梅，凡有色香花蕊，皆于初放时采渍之，经年，香味、颜色不变，红鲜如摘，而花汁融液露中，入口喷鼻。奇香异艳，非复恒有。最娇者为秋海棠露。海棠无香，此独露凝香发，又俗名断肠草，以为不食，而味美独冠诸花。次则梅英、野蔷薇、玫瑰、丹桂、甘菊之属。至橙黄、橘红、佛手、香橼，去白缕丝，色味更胜。酒后出数十种，五色浮动白瓷中，解醒消渴，金茎仙掌，难与争衡也。取五月桃汁、西瓜汁，一穰一丝漉尽，以文火煎至七八分，始搅糖细炼，桃膏如大红琥珀，瓜膏可比金丝内糖，每酷暑，姬必手取汁示洁，坐炉边静看火候成膏，不使焦枯，分浓淡为数种，此尤异色异味也。制豉，取色取气先于取味。豆黄九晒九洗为度，果瓣皆剥去衣膜。种种细料，瓜杏姜桂，以及酿豉之汁，极精洁以和之，豉熟擎出，粒粒可数。而香气酣色殊味，迥与常别。红乳腐烘蒸各五六次，内肉既酥，然后剥其肤，益之以味，数日成者，绝胜建宁三年之蓄。他如冬春水盐诸菜，能使黄者如蜡，碧者如菭。蒲藕笋蕨、鲜花野菜、枸蒿蓉菊之类，无不采入食品，芳旨盈席。火肉久者无油，有松柏之味。风鱼久者如火肉，有麂鹿之味。醉蛤如桃花，醉鲟骨如白玉，油蜎如鲟鱼，虾松如龙须，烘兔酥雉如饼饵，可以笼而食之。菌脯如鸡枞，腐汤如牛乳。细考之食谱，四方郇厨中一种偶异，即加访求，而又以慧巧变化为之，莫不异妙。

甲申三月十九日之变，余邑清和望后，始闻的耗。邑之司命者甚懦，豺虎狰狞踞城内，声言焚劫，郡中又有兴平兵四溃之警。同里绅衿大户，一时鸟兽骇散，咸去江南。余家集贤里，世恂让，家君以不出门自固。阅数日，上下三十余家，仅我灶有炊烟耳。老母、荆人惧，暂避郭外，留姬侍余。姬扃内室，经纪衣物、书画、文券，各分精粗，散付诸仆婢，皆手书封识。

群横日劫，杀人如草，而邻右人影落落如晨星，势难独立。只得觅小舟，奉两亲，挈家累，欲冲险从南江渡澄江北。一黑夜六十里，抵泛湖洲朱宅，江上已盗贼蜂起。先从间道微服送家君从靖江行。夜半，家君向余曰："途行需碎金，无从办。"余向姬索之，姬出一布囊，自分许至钱许，每十两可数百小块，皆小书轻重于其上，以便仓卒随手取用。家君见之，讶且叹，谓姬何暇精细及此！

维时诸费较平日溢十倍尚不肯行，又迟一日，以百金雇十舟，百余金募二百人护舟。甫行数里，潮落舟胶，不得上。遥望江口，大盗数百人据六舟为犄角，守隘以俟，幸潮落，不能下逼我舟。朱宅遣有力人负浪踏水驰报曰："后岸盗截归路，不可返。"护舟二百人中且多盗党，时十舟哄动，仆从呼号垂涕。余笑指江上众人曰："余三世百口咸在舟。自先祖及余祖孙父子，六七十年来居官居里，从无负心负人之事，若今日尽死盗手，葬鱼腹，是上无苍苍，下无茫茫矣！潮忽早落，彼此舟停不相值，便是天相。尔辈无恐，即舟中敌国，不能为我害也。"先夜拾行李登舟时，思大江连海，老母幼子，从未履此奇险。万一阻石尤，欲随路登岸，何从觅舆辆？三鼓时以二十金付沈姓人，求雇二舆一车、夫六人。沈与众咸诧异笑之，谓："明早一帆，未午便登彼岸，何故黑夜多此难寻无益之费？"倩榜人募舆夫，观者绝倒。余必欲此二者，登舟始行，至斯时虽神气自若，然进退维谷，无从飞脱。因询出江未远，果有别口登岸通泛湖洲者？舟子曰："横去半里有小路六七里，竟通彼。"余急命鼓楫至岸，所募舆车三事，恰受俯仰七人。余行李婢妇，尽弃舟中。顷刻抵朱宅，众始叹余之夜半必欲水陆兼备之为奇中也。

大盗知余中遁，又朱宅联络数百人为余护发行李人口，盗虽散去，而未厌其志。恃江上法网不到，且值无法之时，明集数百人，遣人谕余：以千金相致，否则竟围朱宅，四面举火。余复笑答曰："盗愚甚，尔不能截我于中流，乃欲从平陆数百家中火攻之，安可得哉！”然泛湖洲人名虽相卫，亦多不轨。余倾囊召阖庄人付之，令其夜设牲酒，齐心于庄外备不虞。数百人饮酒分金，咸去他所。余即于是夜一手扶老母，一手曳荆人，两儿又小，季甫生旬日，同其母付一信仆偕行。从庄后竹园深箐中蹒跚出，维时更无能手援姬。余回顾姬曰：“汝速蹴步，则尾余后，迟不及矣！”姬一人颠连趋蹶，仆行里许，始仍得昨所雇舆辆，星驰至五鼓，达城下，盗与朱宅之不轨者未知余全家已去其地也。然身脱而行囊大半散矣，姬之珍爱尽失焉。姬返舍谓余：当大难时，首急老母，次急荆人、儿子、幼弟为是。彼即颠连不及，死深箐中无憾也。午节返吾庐，衽金革与城内枭獍为伍者十旬，至中秋，始渡江入南都。别姬五阅月，残腊乃回，挈家随家君之督漕任，去江南，嗣寄居盐官。因叹姬明大义、达权变如此，读破万卷者有是哉？

乙酉流寓盐官，五月复值崩陷。余骨肉不过八口，去夏江上之累，缘仆妇杂沓奔赴，动至百口，又以笨重行李四塞舟车，故不能轻身去。且来窥瞷，此番决计置生死于度外，扃户不他之。乃盐官城中，自相残杀，甚哄，两亲又不能安，复移郭外大白居。余独令姬率婢妇守寓，不发一人一物出城，以贻身累。即侍两亲，挈妻子流离，亦以孑身往。乃事不如意，家人行李纷沓，违命而出。大兵迫槜李，剃发之令初下，人心益皇皇。家君复先去惹山，内外莫知所措，余因与姬诀：“此番溃散，不似家园，尚有左右之者，而孤身累重，与其临难舍子，不若先为之地。我有年友，信义多才，以子托之，此后如复相见，当结平生欢，否则听子自裁，毋以我为念。”姬曰：“君言善。举室皆倚君为命，复命不自君出。君堂上膝下，有百倍重于我者，乃以我牵君之臆，非徒无益，而又害之。我随君友去，苟可自全，誓当匍匐以俟君回。脱有不测，前与君纵观大海，狂澜万顷，是吾葬身处也！”方命之行，而两亲以余独割姬为憾，复携之去。自此百日，皆展转深林僻路、茅屋渔艇。或月一徙，或日一徙，或一日数徙，饥寒风雨，苦不具述，卒于马鞍山遇大兵，杀掠奇惨，天幸得一小舟，八口飞渡，骨肉得全。而姬之惊悸瘁瘏，至矣尽矣！

秦溪蒙难之后，仅以俯仰八口免，维时仆婢杀掠者几二十口，生平所蓄玩物及衣贝，靡孑遗矣！乱稍定，匍匐入城，告急于诸友，即襆被不办。夜假荫于方坦庵年伯，方亦窜迹初回，仅得一毡，与三兄共裹卧耳房。时当残秋，窗风四射。翌日，各乞斗米束薪于诸家，始暂迎二亲及家累返旧寓，余则感寒，痢疟沓作矣。横白板扉为榻，去地尺许，积数破絮为卫，炉煨桑节，药缺攻补。且乱阻吴门，又传闻家难剧起，自重九后溃乱沉迷，迄冬至前僵死，一夜复苏，始得间关破舟，从骨林肉莽中冒险渡江。犹不敢竟归家园，暂栖海陵。阅冬春百五十日，病方稍痊。此百五十日，姬仅卷一破席，横陈榻边，寒则拥抱，热则披拂，痛则抚摩。或枕其身，或卫其足，或欠伸起伏，为之左右翼，凡病骨之所适，皆以身就之。鹿鹿永夜，无形无声，皆存视听。汤药手口交进，下至粪秽，皆接以目鼻，细察色味，以为忧喜。日食粗粝一餐，与吁天稽首外，惟跪立我前，温慰曲说，以求我之破颜。余病失常性，时发暴怒，诟谇三至，色不少忤，越五月如一日。每见姬星靥如蜡，弱骨如柴，吾母太恭人及荆妻怜之感之，愿代假一息。姬曰：“竭我心力，以殉夫子。夫子生而余死犹生也。脱夫子不测，余留此身于兵燹间，将安寄托？”更忆病剧时，长夜不寐，莽风飘瓦，盐官城中日杀数十百人。夜半鬼声啾啸，来我破窗前，如蛩如箭。举室饥寒之人皆辛苦齁睡。余背贴姬心而坐，姬以手固握余手，倾耳静听，凄激荒惨，欷歔流涕。姬谓余曰：“我入君门整四岁，早夜见君所为，慷慨多风义，毫发几微，不邻薄恶，凡君受过之处，惟余知之亮之，敬君之心，实逾于爱君之身，鬼神赞叹畏避之身也。冥漠有知，定加默佑。但人生身当此境，奇惨异险，动静备历，苟非金石，鲜不销亡！异日幸生还，当与君敝屣万有，逍遥物外。慎毋忘此际此语！”噫吁嘻！余何以报姬于此生哉！姬断断非人世凡女子也。

丁亥，谗口铄金，太行千盘，横起人面，余胸坟五岳，长夏郁蟠，惟早夜焚二纸告关帝君。久抱奇疾，血下数斗，肠胃中积如石之块以千计。骤寒骤热，片时数千语，皆首尾无端，或数昼夜不知醒。医者妄投以补，病益笃，勺水不入口者二十余日，此番莫不谓其必死，余心则炯炯然，盖余之病不从境入也。姬当大火铄金时，不挥汗，不驱蚊，昼夜坐药炉旁，密伺余于枕边足畔六十昼夜，凡我意之所及与意之所未及，咸先后之。己丑秋，疽发于背，复如是百日。余五年危疾者三，而所逢者皆死疾，惟余以不死待之，微姬力，恐未必能坚以不死也。今姬先我死，而永诀时惟虑以伊死增余病，又虑余病无伊以相侍也，姬之生死为余缠绵如此，痛哉痛哉！

余每岁元旦，必以一岁事卜一签于关帝君前。壬午名心甚剧，祷看签首第一字，得“忆”字，盖“忆昔兰房分半钗，如今忽把音信乖。痴心指望成连理，到底谁知事不谐”。余时占玩不解，即占全词，亦非功名语。比遇姬，清和晦日，金山别去，姬茹素归，虔卜于虎疁关帝君前，愿以终身事余，正得此签。秋过秦淮，述以相告，恐有不谐之叹，余闻而讶之，谓与元旦签合。时友人在坐，曰："我当为尔二人合卜于西华门。"则仍此签也。姬愈疑惧，且虑余见此签中懈，忧形于面，乃后卒满其愿。"兰房""半钗"，"痴心""连理"，皆天然闺阁中语，"到底""不谐"，则今日验矣。嗟乎！余有生之年，皆长相忆之年也。"忆"字之奇，呈验若此！

姬之衣饰尽失于患难，归来淡足，不置一物。戊子七夕，看天上流霞，忽欲以黄跳脱摹之。命余书"乞巧"二字，无以属对，姬云："曩于黄山巨室，见覆祥云真宣炉，款式佳绝，请以'覆祥'对'乞巧'。"镌摹颇妙。越一岁，钏忽中断，复为之，恰七月也。余易书"比翼""连理"。姬临终时，自顶至踵，不用一金珠纨绮，独留跳脱不去手，以余勒书故。长生私语，乃太真死后，凭洪都客述寄明皇者，当日何以率书，竟令《长恨》再谱也！

姬书法秀媚，学钟太傅稍瘦，后又学《曹娥》。余每有丹黄，必对泓颖，或静夜焚香，细细手录。《闺中诗史》成帙，皆遗迹也。小有吟咏，多不自存。客岁新春二日，即为余抄写《全唐五七言绝句》上下二卷。是日偶读七岁女子"所嗟人异雁，不作一行归"之句，为之凄然下泪。至夜，和成八绝，哀声怨响，不堪卒读。余挑灯一见，大为不怿，即夺之焚去，遂失其稿。伤哉，异哉！今岁恰以是日长逝也！

客春三月，欲重去盐官，访患难相恤诸友。至邗上，为同社所淹。时余正四十，诸名流咸为赋诗。龚奉常独谱姬始末，成数千言，《帝京篇》《连昌宫》不足比拟。奉常云："子不自注，则余苦心不见。

如‘桃花瘦尽春酲面’七字，绾合己卯醉晤、壬午病晤两番光景，谁则知者？”余时应之，未即下笔。他如园次之“自昔文人称孝子，果然名士悦倾城”、于皇之“大妇同行小妇尾”、孝威之“人在树间殊有意，妇来花下却能文”、心甫之“珊瑚架笔香印屧，著富名山金屋尊”、仙期之“锦瑟蛾眉随分老，芙蓉园上万花红”、仲谋之“君今四十能高举，羡尔鸿妻佐舂杵”、吾邑徂徕先生“韬藏经济一巢朴，游戏莺花两阁和”、元旦之“蛾眉问难佐书帏”，皆为余庆得姬。讵谓我侑卮之辞，乃姬誓墓之状邪？读余此杂述，当知诸公之诗之妙，而去春不注奉常诗，盖至迟之今日，当以血泪和隃糜也。三月之杪，余复移寓友沂友云轩。久客卧雨，怀家正剧。晚霁，龚奉常偕于皇、园次过慰留饮，听小奚管弦度曲，时余归思更切，因限韵各作诗四首。不知何故，诗中咸有商音。三鼓别去，余甫着枕，便梦还家，举室皆见，独不见姬。急询荆人，不答。复遍觅之，但见荆人背余下泪。余梦中大呼曰：“岂死耶？”一恸而醒。姬每春必抱病，余深疑虑，旋归，则姬固无恙，因间述此相告。姬曰：“甚异！前亦于是夜梦数人强余去，匿之，幸脱，其人尚狺狺不休也。”讵知梦真而诗谶咸来先告哉？

附录

《影梅庵忆语》跋

杨复吉

巢民先生生多奇遇，而中年后屡悲死别，殆禅家所谓修福修慧而未了愁缘者。顾色能伐性，忧能伤人，而先生独享大年，其以色寿者欤？抑以忧延龄者欤？癸巳秋日震泽杨复吉识。

作者简介：

杨复吉（1747—1820），清代藏书家、学者、散文家，字列欧，号梦兰，震泽（今江苏吴江）人。

杨复吉少年时天赋异禀，十岁便能作诗文。乾隆三十七年（1772）中进士，却未曾出仕。晚年深居简出，生活简朴，专心研究学问，著书立说，其书斋名为“香月楼”。

著有《乡学楼学古文》《梦兰琐笔》《辽史拾遗补》，编有《史余备考》《元文选》《昭代丛书五编题跋》《昭代丛书续集》《虞初余志》《元稗类钞》《燕窝谱》等。

冒姬董小宛传

张明弼

董小宛，名白，一字青莲，秦淮中乐籍奇女也。七八岁，母陈氏教以书翰，辄了了。年十一二，神姿艳发，窈窕婵娟，无出其右，至针神曲圣、食谱茶经，莫不精晓。顾其性好静，每至幽林远壑，多依恋不能去。若夫男女阗集，喧笑并作，则心厌色沮，亟去之。居恒揽镜自语其影曰："吾姿慧如此，即诎首庸人妇，犹当叹采彩随鸦，况作飘花零叶乎？"

时有冒子辟疆者，名襄，如皋人也，父祖皆贵显。年十四，即与云间董太傅、陈征君相倡和。弱冠，与余暨陈则梁四五人刑牲称雁序于旧都。其人姿仪天出，神清彻肤，余常以诗赠之，目为"东海秀影"。所居凡女子见之，有不乐为贵人妇，愿为夫子妾者无数。辟疆顾高自标置，每遇狭邪掷心卖眼，皆土苴视之。

己卯应制在秦淮，吴次尾、方密之、侯朝宗咸向辟疆啧啧小宛名。辟疆曰："未经平子目，未定也。"而姬亦时时从名流宴集间闻人说冒子，则询冒子何如人，客曰："此今之高名才子，负气节而又风流自喜者也。"则亦胸次贮之。

比辟疆同密之屡访，姬则厌秦淮嚣，徙之金阊。比下第，辟疆送其尊人秉宪东粤，遂留吴门。闻姬住半塘，再访之，多不值。时姬又恶嚣，非受縻于炎炙，则必逃之鼪鼬之径。一日，姬方昼醉睡，闻冒子在门，其母亦慧倩，亟扶出，相见于曲栏花下。主宾双玉有光，若月流于堂户。已而四目瞪视，不发一言，盖辟疆心筹谓此入眼第一，可系红丝，而宛君则内语曰：“吾静观之，得其神趣。此殆吾委心塌地处也。”但即欲自归，恐太遽，遂如梦值故欢旧戚，两意融液，莫不举似，但连声顾其母曰：“异人！异人！”

辟疆旋以三吴坛坫争相属，凌遽而别。阅屡岁，岁一至吴门，则姬自西湖远游于黄山白岳间者，将三年矣。此三年中，辟疆在吴门有某姬，亦倾盖输心，遂订密约，然以省觐往衡岳，不果。辛巳夏，献贼突破襄樊，特调衡永兵备使者监左镇军。时辟疆痛尊人身陷兵火，上书万言于政府言路，历陈尊人刚介不阿、逢怒同乡同年状，倾动朝堂。至壬午春，复得调。辟疆喜甚，疾过吴门，践某姬约，至则前此一旬，已为窦霍豪家不惜万金劫去矣。

辟疆正旁皇郁壹，无所寄托，偶月夜荡叶舟，随所飘泊，至桐桥内，见小楼如画图，闲立水涯。无意询岸边人，则云：“此秦淮董姬。自黄山归，丧母，抱危病，锸户二旬余矣。”辟疆闻之，惊喜欲狂。坚叩其门，始得入。比登楼，则灯炧无光，药铛狼籍。启帷见之，奄奄一息者，小宛也。姬忽见辟疆，倦眸审视，泪如雨下，述痛母怀君状，犹乍吐乍含，喘息未定。至午夜，披衣遂起，曰：“吾疾愈矣！”乃正告辟疆曰：“吾有怀久矣，夫物未有孤产而无耦者，如顿牟之草、磁石之铁，气有潜感，数亦有冥会。今吾不见子则神废，一见子则神立。二十日来，勺粒不沾，医药罔效，今君夜半一至，吾遂霍然。君既有当于我，我岂无当于君？愿以此刻委终身于君，君万勿辞！”辟疆沉吟曰：“天下固无是易易事。且君向一醉晤，今一病逢，何从知余？又何从知余闺阁中贤否？乃轻身相委如是耶？且近得大人喜音，明蚤当遣使襄樊，何敢留此？”请辞去。

至次日，姬靓妆鲜衣，束行李，屡趣登舟，誓不复返。姬时有父，多嗜好，又荡费无度，恃姬负一时冠绝名，遂负逋数千金，咸无如姬何也。自此渡浒墅，游惠山，历毗陵、阳羡、澄江，抵北固、登金焦。姬著西洋布退红轻衫，薄如蝉纱，洁比雪艳，与辟疆观竞渡于江山最胜处，千万人争步拥之，谓江妃携偶踏波而上征也。凡二十七日，辟疆二十七度辞。姬痛哭，叩其意，辟疆曰：“吾大人虽离虎穴，未定归期。且秋期逼矣，欲破釜焚舟，冀一当，子盍归待之？”姬乃大喜曰：“余归，长斋谢客，茗碗炉香，听子好音。”遂别。自是杜门茹素，虽有窦霍相檄，佻伉横侮，皆假贷贿赂，以蝉脱之。短缄细札，责诺寻盟，无月不数至。

迨至八月初，姬复孤身挈一妇从吴买舟江行。逢盗，折舵入苇中，三日不得食。抵秦淮，复停舟郭外，候辟疆闱事毕，始见之。一时应制诸名贵咸置酒高宴，中秋夜觞姬与辟疆于河亭，演怀宁新剧《燕子笺》。时秦淮女郎满座，皆激扬叹羡，以姬得所归，为之喜极泪下。

榜发，辟疆复中副车，而宪副公不赴新调，请告适归，且姬索逋者益众，又未易落籍，辟疆仍力劝之归，而以黄衫押衙托同盟某刺史。刺史莽，众哗，挟姬匿之，几败事。虞山钱牧斋先生，维时不惟一代龙门，实风流教主也。素期许辟疆甚远，而又爱姬之俊识，闻之，特至半塘，令柳姬（指柳如是）与姬为伴，亲为规画，债家意满。时又有大帅以千金为姬与辟疆寿，而刘大行复佐之，凡三日，遂得了一切，集远近与姬饯别，于虎疁买舟，以手书并盈尺之券送姬至如皋，又移书与门生张祠部为之落籍。

八月初，姬南征时，闻夫人贤甚，特令其父先至如皋，以至情告夫人，夫人喜诺已久矣。姬入门后，智慧络绎，上下内外大小，罔不妥悦。与辟疆日坐画苑书圃中，抚桐瑟，赏茗香，评品人物山水，鉴别金石鼎彝，闲吟得句与采辑诗史，必捧砚席为书之。意所欲得与意所未及，必控弦追箭以赴之。即家所素无，人所莫办，仓猝之间，靡不立就。相得之乐，两人恒云天壤间未之有也。

申酉崩坼，辟疆避难渡江，与举家遁浙之盐官，履危九死，姬不以身先，则愿以身后："宁使贼得我则释君，君其问我于泉府耳。"中间智计百出，保全实多。后辟疆虽不死于兵，而濒死于病，姬凡侍药不间寝食者，必百昼夜。事平，始得同归故里。前后凡九年，年仅二十七岁，以劳瘁病卒。其致病之由与久病之状，并隐微难悉，详辟疆忆语哀词中，不唯千古神伤，实堪令奉倩、安仁阁笔也！

琴牧子曰：姬殁，辟疆哭之曰："吾不知姬死而吾死也！"予谓父母存，不许人以死，况裀席间物乎？及读辟疆哀词，始知情至之人，固不妨此语也。夫饥色如饥食焉，饥食者获一饱，虽珍羞亦厌之。今辟疆九年而未厌，何也？饥德非饥色也。栖山水者十年而不出，其朝光夕景，有以日酣其志也，宛君其有日酣冒子者乎？虽然，历之风波疾厄盗贼之际而不变，如宛君者，真奇女，可匹我辟疆奇男子矣。

作者简介：

张明弼（1584—1652），明代文学家、学者，字公亮，金坛人。

张明弼与冒襄等五人结拜，是复社的重要成员。天启六年（1626）作《猶狂国记》，被认为影射魏忠贤，身陷险境。

著有《兔角诠》《萤芝集》《萤芝全集》《萤芝新集》《榕城集》《雾吐（唾）集》《杜单集》《蕉书》等。

题冒辟疆名姬董白小像八首并序

吴梅村

序：夫笛步丽人，出卖珠之女弟；雉皋公子，类侧帽之参军。名士倾城，相逢未嫁；人谐嬿婉，时遇漂摇。则有白下权家，芜城乱帅，阮佃夫刊章置狱，高无赖争地称兵。奔迸流离，缠绵疾苦，支持药裹，慰劳羁愁。苟君家免乎，勿复相顾；宁吾身死耳，惶恤其劳！已矣夙心，终焉薄命；名留琬琰，迹寄丹青。呜呼！针神绣罢，写春蚓于乌丝；茶癖香来，滴秋花之红露。在佚事之流传若此，奈余哀之恻怆如何？镜掩鸾空，弦摧雁冷，因君长恨，发我短歌。贻以八章，聊当一慨尔！

其一

射雉山头一笑年，相思千里草芊芊。
偷将乐府窥名姓，亲击云璈第几仙。

其二

珍珠无价玉无瑕，小字贪看问妾家。
寻到白堤呼出见，月明残雪映梅花。

其三

钿毂春郊斗画裙，卷帘都道不如君。
白门移得丝丝柳，黄海归来步步云。

其四

京江话旧木兰舟，忆得郎来系紫骝。
残酒未醒惊睡起，曲栏无语笑凝眸。

其五

青丝濯濯额黄悬，巧样新妆恰自然。
入手三盘几梳掠，便携明镜出花前。

其六

念家山破定风波，郎按新词妾唱歌。
恨杀南朝阮司马，累侬夫婿病愁多。

其七

乱梳云髻下高楼，尽室仓皇过渡头。

钿盒金钗浑抛却，高家兵马在扬州。

其八

江城细雨碧桃村，寒食东风杜宇魂。
欲吊薛涛怜梦断，墓门深更阻侯门。

又题董君画扇二首

吴梅村

其一

过江书索扇头诗，检得遗香起梦思。
金锁涩来衣叠损，空箱须记自开时。

其二

湘君浥泪染琅玕，骨细轻匀二八年。
半折秋风还入袖，任他明月自团圆。

古意六首

吴梅村

其一

争传婺女嫁天孙，才过银河拭泪痕。
但得大家千万岁，此生那得恨长门?

其二

豆蔻梢头二月红，十三初入万年宫。
可怜同望西陵哭，不在分香卖履中。

其三

从猎陈仓怯马蹄，玉鞍扶上却东西。
一经辇道生秋草，说著长杨路总迷。

其四

玉颜憔悴几经秋，薄命无言只泪流。

手把定情金盒子，九原相见尚低头。

其五

银海居然妒女津，南山仍锢慎夫人。
君王自有他生约，此去惟应礼玉真。

其六

珍珠十斛买琵琶，金谷堂深护绛纱。
掌上珊瑚怜不得，却教移作上阳花。

作者简介：

吴伟业（1609—1672），字骏公，号梅村，明末清初诗人，江苏太仓人。

吴梅村是明末清初著名诗人，与钱谦益、龚鼎孳并称“江左三大家”，是为娄东诗派的开创者。其诗文自成一派，后人称为“梅村体”。

有《石公山》《归云洞》《缥缈峰》《砚清湖》《遇南厢园叟感赋八十韵》《洛阳行》《永和宫词》《琵琶行》《鸳湖曲》《萧史青门曲》《圆圆曲》《听女道士卞玉京弹琴歌》等作品。其中《圆圆曲》尤为著名。

《影梅庵忆语》考

赵苕狂

一、《影梅庵忆语》为忆语体文字的鼻祖

《影梅庵忆语》是明末清初时人冒辟疆（巢民）所作的，它在当时已是传诵一时，到了现在，更在笔记类中占得了一个位置，成为多数人所欢喜读的一种书了。考其所以能得多数人的欢喜读它，其原因全在它的文字里面还涵有一种极丰富的感情，在给人们读到的时候，一颗颗的心自然而然地会都给它深深地抓住了的！而且，这《忆语》里所叙述的各桩事情，都是实实在在的，并不是出于向壁虚造，这尤其是可贵的一点了。加以作这《忆语》的冒辟疆，他自己既是一个才子，而成为《忆语》中主体的董小宛，又是在当时秦淮乐籍中卓负盛名的一个美人。时代不论它是怎样地在变迁，关于才子和美人的奇情艳事，总是人所乐闻的。这部书之所以能不胫而走，此又是它的一端了。至于文字的优美，尚只能说是余事。

自从这部书出现于文坛后，依照着它的体裁而继续撰作的，也很有上几部，如《香畹楼忆语》《秋灯琐忆》等都是。当然，这许多的作品不是为悼亡而作，就是当细君生时记述他们伉俪间的艳事柔情的，所以，在这种忆语体文字之中说来，《影梅庵忆语》可称得是鼻祖的了。

二、董鄂妃即董小宛的一说

冒辟疆的这部《影梅庵忆语》，是为纪念他的亡姬董小宛而作，这是尽人皆知的了。但是，为了书中有上几个可疑之点，便有许多人说，清世祖的董鄂妃也即是董小宛，她当时实为清兵所劫而入了清宫的。冒辟疆处于异族的专制淫威之下不敢昌言其事，只能假说她是死去的了。

那么是哪几个可疑之点呢？其一，冒辟疆之与董小宛，是何等的意挚情深的！关于他们如何结合的始末，定有一番的铺张，是不必说的了，就是起居饮食之间，也是不惮多费笔墨，在书中细细地记载着，何独于小宛的如何而病、如何而死却肯轻轻地撇过，一个字也不著？其二，在书尾又有上这们的一段：

“三月之杪，余复移寓友沂友云轩。久客卧雨，怀家正剧。晚霁，龚奉常偕于皇、园次过慰留饮，听小奚管弦度曲，时余归思更切，因限韵各作诗四首。不知何故，诗中咸有商音。三鼓别去，余甫着枕，便梦还家，举室皆见，独不见姬。急询荆人，不答。复遍觅之，但见荆人背余下泪。余梦中大呼曰：‘岂死耶？’一恸而醒。姬每春必抱病，余深疑虑，旋归，则姬固无恙，因间述此相告。姬曰：‘甚异！前亦于是夜梦数人强余去，匿之，幸脱，其人尚狺狺不休也。’”这不隐隐在说小宛不是真死，而是为清兵所劫去的吗？其三，辟疆又说：“忆昔兰房分半钗，如今忽把音信乖。痴心指望成连理，到底谁知事不谐。”这一首签诗，他和小宛曾接连求得了三次。他目

“到底不谐”四个字，实和后来事非常应验的，这把小宛不是真死的一种情形更是说得明白了。近人如罗瘿公、陈石遗二先生，皆倾向于此传说，他们大概都是把吴梅村《清凉山赞佛诗》作为根据的。罗先生曾在《宾退随笔》中如此说道：

“吴梅村《清凉山赞佛诗》，盖暗指董妃逝世，清世祖感伤甚，遁五台为僧。语甚明显，论者向无异词。独董妃即冒辟疆姬人董小宛一事，则冒广生辩之甚力，盖小宛为水绘园生色，不愿为他人夺也。《赞佛诗》‘王母携双成，绿盖云中来’，又‘可怜千里草，萎落无颜色’，屡点‘董’字；‘南望苍舒坟，掩面添凄恻’，盖董妃生一子，先妃死，故云。（《三国志·魏邓哀王冲传》：字苍舒，年十三，建安十三年，疾病，及亡，哀甚。）‘名山初望幸，衔命释道安。预从最高顶，洒扫七佛坛。灵境乃沓绝，扪葛劳跻攀。路尽逢一峰，杰阁围朱阑。中坐一天人，吐气如栴檀。寄语汉皇帝，何苦留人间？烟岚倏灭没，流水空潺湲。回首长安城，缁素惨不欢。房星竟未动，天降白玉棺。惜哉善财洞，未得夸迎銮。’盖世祖幸五台不返，祝发为僧，朝中以大丧告。所谓‘房星竟未动’，言帝实未崩也。又‘淡泊心无为，怡神在玉几。长以兢业心，了彼清净理’，又‘纵洒苍梧泪，莫卖西陵履’，皆言帝出家，未尝御崩也。

“陈迦陵《读史杂感》第二首亦专指此事曰：‘董承娇女，’明言董姓也；曰：‘玉匣珠襦连岁时，茂陵应长并头花。’盖董妃卒后半月而世祖遂以大丧告天下也。

“冒辟疆《亡妾董小宛哀辞序》云：‘小宛自壬午归副室，与余形影俪者九年，今辛卯献岁二日长逝。’张明弼《董小宛传》云：

‘年仅二十七岁，以劳瘁卒。其致疾之由与久病之状，并隐微难悉。’盖当时被掠于北兵，转辗入宫，大被宠眷，用满洲姓称董鄂氏。辟疆即以其被掠之日为其亡日也。非不得已，何至其致疾之由与久病之状隐微难悉哉？

“辟疆《影梅庵忆语》追述小宛言动，凡饮食之细、器物之微，皆极意缕述，独至小宛病时作何状、永诀时作何语绝不一及，死后若何营葬亦不详书，仅于哀辞中有之：‘今幽房告成，素旐将引，谨卜闰二月之望日，安香魂于南阡。’数语而已，未可信据也。《忆语》中‘余每岁元旦，必以一岁事卜一签于关圣帝君前’至‘到底不谐则今日验矣’一节，按小宛若似病殁，则当作悼亡语，不当云‘到底不谐今日验’之语也。最后一则自‘三月之杪’至‘讵知梦真而诗谶咸来先告哉’止，当是事实，讳以为梦耳。《忆语》止于此，以后盖不敢见诸文字也。

“梅村《题董白小像诗》第七首云：‘乱梳云髻下高楼，尽室仓皇过渡头。钿盒金钗浑抛却，高家兵马在扬州。’盖指高杰之祸也。第八首云：‘江城细雨碧桃村，寒食东风杜宇魂。欲吊薛涛怜梦断，墓门深更阻侯门。’若小宛真病殁，则‘侯门’作何解耶？岂有人家姬人之墓谓其‘深阻侯门’者乎？又，《题董君画扇》诗，列题像诗后，接以《古意》六首，亦暗指小宛，词意甚明，编诗者具有深意。第二首云：‘可怜同望西陵哭，不在分香卖履中。’第四首云：‘手把定情金盒子，九原相见尚低头。’盖谓姬自伤改节，愧对辟疆也。第六首云：‘珍珠十斛买琵琶，金谷堂深护绛纱。掌上珊瑚怜不得，却教移作上阳花。’则意更明显矣。向读梅村诗，多谓梅村自伤之作，词意多不可通，无宁谓指小宛之为近也。

“龚芝麓《题影梅庵忆语·贺新郎》词下阕云：‘碧海青天何限事，难倩附书黄犬。藉棋日酒年宽免。搔首凉宵风露下，羡烟霄、破镜犹堪典。双凤带，再生剪。’所云‘碧海青天’‘附书黄犬’‘破镜堪典’，皆生别语，非慰悼亡语也。董妃之为董小宛者，佐证甚繁，自故老相传已如此矣。”

如此的博引详征，想见他在作此考据时，也是煞费一番功夫。而就其所说的各节看来，也都是确有见地。董鄂妃之即为董小宛，颇可由此而证实了下来的。

陈先生也曾在《石遗室诗话》中论及此事云：“吴梅村《清凉山赞佛诗》为前清诗中一疑案。第一首第四韵云：‘王母携双成，绿盖云中来。’言董姓也。以下‘汉主坐法宫’云云至‘对酒毋伤怀’，言皇帝定情，种种宠爱，以及乐极生悲，念及身后事也。第二首第三韵云：‘可怜千里草，萎落无颜色’，言董姓者竟死也。以下‘孔雀蒲桃锦’云云至‘轻我人王力’，言种种布施以及大作道场，皇帝亦久久素食也。末韵‘戒言秣我马，遨游凌八极’，先逗起皇帝将远游也。第三首首韵云：‘八极何茫茫，曰往清凉山’，言将往清凉山求之，以应第一首首六句云：‘西北有高山，云是文殊台。台上明月池，千叶金莲开。花花相映发，叶叶同根栽。’言身有自来，本从五台山来，故亦往五台山去也。自‘此山蓄灵异’至‘中坐一天人，吐气如栴檀。寄语汉皇帝，何苦留人间’诸句，言来去明白，与山中见此天人，寄语劝皇帝出家脱屣万乘也。‘房星竟未动，天降白玉棺。惜哉善财洞，未得夸迎銮’诸句，言非光明正大出家，乃托言升遐也。第四首自‘尝闻穆天子’云云至‘残碑泣风雨’，言古天子之远游求仙及佳人难再得，遂弃天下臣民者，以譬实系出家而托言升遐之事，不然，如安南国王陈日燇传位世子，出家修行，庵居安子山紫霄峰，自号山林大士者，正可比例也。至‘天地有此山’以下，则明言皇帝在五台山修行矣，故有‘怡神在玉几……羊车稀复幸，牛山窃所鄙。纵洒苍梧泪，莫卖西陵履’云云也。于是相传为章皇帝董妃之事。然满洲蒙古无董姓，于是有以《董贵妃行状》与《影梅庵忆语》相连刊印者。有谓《红楼梦》说部虽寓康熙间朝局，其贾宝玉因林黛玉死而出家，即隐寓此事者。《红楼梦》为闺秀各起别号，独林黛玉以潇湘妃子称。冒辟疆《寒碧孤吟》为小宛而作，多言生离，而序云：太白之才，明皇能怜之，贵妃可侍，巨珰可奴。末又言：旦夕醉倚沉香，召赋名花倾国。当此捧砚脱靴时，犹然忆寒碧楼否耶？《忆语》则既有与姬决舍之议，又有独不见姬与数人强去之梦，恐其言皆非无因矣！”

此虽专门就这四首诗逐首论去，文心颇细，然与罗先生的见解正复相同，也是说董贵妃即是董小宛的。至末段言及《红楼梦》说部中贾宝玉因林黛玉死而出家，即隐寓此事，则又为此传说另辟一新境。

其后，王梦阮先生的《红楼梦索隐》，更是主张此说甚力，颇足为之张目。他说：“世祖临宇十八年，宝玉便十九岁出家；世祖自肇祖以来为第七代，宝玉便言‘一子成佛，七祖升天’，又恰中第七名举人；世祖谥‘章’，宝玉便谥‘文妙’，文、章两字可暗射。”他又说：“小宛名白，故黛玉名黛，粉白黛绿之意也；小宛是苏州人，黛玉也是苏州人；小宛在如皋，黛玉亦在扬州；小宛来自盐官，黛玉来自巡盐御史之署；小宛入宫，年已二十有七，黛玉入京年只十三余，恰得小宛之半；小宛游金山时，人以为江妃踏波而上，故黛玉号‘潇湘妃子’，实从‘江妃’二字得来。”在他真可说是“言之成物，持之有故”的了。

不过，据许多人的意见，董小宛和冒辟疆的爱情，是何等真挚的。从前虽在九死一生之中，还是矢志相从，以死自誓。在前后的九年中，也不知吃尽了多少辛苦，为什么到后来反会变起节来，竟不能一死相谢，而甘心屈身异族呢？如此的前后宛若二人，未免太使人不能相信吧？但是又有许多人说：要晓得专制帝王的淫威是何等的可怕的，何况还在异族得志的时候。董小宛究竟是一个弱女子，一旦到了求生不得、求死不能之际，无可奈何地而一屈志，一次被屈以后，再也没有什么话可说了，这又哪里可以苛责她呢？照我看来，这二个意见，倒都有一部分的是，同样的可以成立下来的。如今，为欲使读者们更加明了起见，特将给这一个传说作为根据的吴梅村的这四首《清凉山赞佛诗》全录于下：

西北有高山，云是文殊台。台上明月池，千叶金莲开。花花相映发，叶叶同根栽。王母携双成，绿盖云中来。汉王坐法宫，一见光徘徊。结以同心合，授以九子钗。翠装雕玉辇，丹髹沉香斋。护置琉璃屏，立在文石阶。长恐乘风去，舍我归蓬莱。从猎往上林，小队城南隈。雪鹰异凡羽，果马殊群材。言过乐游苑，进及长杨街。张宴奏丝桐，新月穿宫槐。携手忽太息，乐极生微哀。千秋终寂寞，此日谁追陪？陛下寿万年，妾命如尘埃。愿共南山椁，长奉西宫杯。披香淖博士，侧听私惊猜。今日乐方乐，斯语胡为哉？待诏东方生，执戟前诙谐。熏炉拂黼帐，白露零苍苔。吾王慎玉体，对酒毋伤怀！

伤怀惊凉风，深宫鸣蟋蟀。严霜被琼树，芙蓉凋素质。可怜千里草，萎落无颜色！孔雀蒲桃锦，亲自红女织。殊方初云献，知破万家室。瑟瑟大秦珠，珊瑚高八尺。割之施精蓝，千佛庄严饰。持来付一炬，泉路谁能识？红颜尚焦土，百万无容惜！小臣助长号，赐衣或一袭。只愁许史辈，急泪难时得。从官进哀诔，黄纸抄名入。流涕卢郎才，咨嗟谢生笔。尚方列珍膳，天厨供玉粒。官家未解菜，对案不能食。黑衣召志公，白马驮罗什。焚香内道场，广坐楞伽译。资彼象教恩，轻我人王力。微闻金鸡诏，亦由玉妃出。高原营寝庙，近野开陵邑。南望苍舒坟，掩面添凄恻。戒言秣我马，遨游凌八极。

八极何茫茫，曰往清凉山。此山蓄灵异，浩气供屈盘。能蓄太古雪，一洗天地颜。日驭有不到，缥缈雨云寒。世尊昔示现，说法同阿难。讲树耸千尺，摇落青琅玕。诸天过峰头，绛节乘银鸾。一笑偶下谪，脱却芙蓉冠。游戏登琼楼，窈窕垂云鬟。三世俄去来，任作优昙看。名山初望幸，衔命释道安。预从最高顶，洒扫七佛坛。灵境乃杳绝，扪葛劳跻攀。路尽逢一峰，杰阁围朱阑。中坐一天人，吐气如栴檀。寄语汉皇帝，何苦留人间？烟岚倏灭没，流水空潺湲。回首长安城，缁素惨不欢。房星竟未动，天降白玉棺。惜哉善财洞，未得夸迎銮。惟有大道心，与石永不刊。

以此护金轮，法海无波澜。

尝闻穆天子，六飞骋万里。仙人觞瑶池，白云出杯底。远驾求长生，逐日过濛汜。盛姬病不救，挥鞭哭弱水。汉皇好神仙，妻子思脱屣。东巡并西幸，离宫宿罗绮。宠夺长门陈，恩盛倾城李。秾华即修夜，痛入哀蝉诔。苦无不死方，得令昭阳起。晚抱甘泉病，遽下轮台悔。萧萧茂陵树，残碑泣风雨。天地有此山，苍崖阅兴毁。我佛施津梁，层台簇莲蕊。龙象居虚空，下界闻斗蚁。乘时方救物，生民难其已。淡泊心无为，怡神在玉几。长以兢业心，了彼清净理。羊车稀复幸，牛山窃所鄙。纵洒苍梧泪，莫卖西陵履。持此礼觉王，贤圣总一轨。道参无生妙，功谢有为耻。色空两不住，收拾宗风里。

至梅村《题小宛小像诗》《题小宛画扇诗》又《古意》六首，及龚芝麓的《贺新郎》词，也都经罗瘿公的《宾退随笔》中引了来，作为一部分的佐证，因已载之本书的附录中，也就不再录在这里了。

三、为辨正前一传说而作的《董小宛考》

董鄂妃即董小宛这一传说，虽以吴梅村《清凉山赞佛诗》为根据，经罗瘿公、陈石遗等一般人播扬于前，又以《红楼梦索隐》为比附，经赞同《红楼梦索隐》的一派人鼓吹于后，闹得一个甚嚣尘上，似乎大有成立的可能了。然而事实终是事实，经不得有人出来，以真确的事实为根据，来上一个强有力的辨正。这一辨正，可就给了前一传说一个大大的致命伤，把它打击得一个虚空粉碎，再也没有可以立足的余地了。那么，是一个什么人？又来上了怎样的一个辨正呢？那就是孟心史先生，那就是他所作的《董小宛考》。真的，他所依据的，完全是一种真确的事实，有力到了极点了，而他所用的方法也是非常细密的。孟先生在他这篇洋洋万言的大文之前，就这们的开始说着：

“清世祖出家之说，世颇有传者。其时董鄂贵妃之故后承恩，具在国史。时人目董鄂之译音定用此二字，遂颇用董氏故事射之。陈迦陵之所谓‘董承娇女’也，吴梅村《清凉山赞佛诗》之所谓‘千里草’也，‘双成’也，皆指董鄂事，何必另于疑似之间，强指他人而代之？又何必于凡姓董之人中，牵及冒氏侍姬董小宛？事之可怪，无逾于此。凡作小说，劈空结撰可也，倒乱史事，殊伤道德。即或比附史事，加以色泽，或并穿插其间，世间亦自有此一体，然不应将无作有，以流言掩实事；止可以其事本属离奇，而用文笔加甚之，不得节外生枝，纯用‘指鹿为马’方法，对历史上肆无忌惮，毁记载之信用。事关公德，不可不辨也。”

这一番话，说得何等的义正词严，简直把主张董鄂妃即董小宛的一般人痛骂得一个臭死了！可是这还不算数，他文中最最厉害而也最最有力的一点就是又引据了许多书，把清世祖和董小宛的年龄都考证得一个清清楚楚。据他所考证而得的说：

“巢民和小宛识面之始，是在明崇祯十二年己卯，即清太宗崇德三年，那时小宛十六岁，清世祖二岁，巢民二十九岁。”

你想，一个还止二岁，一个已是十六岁，那清世祖和董小宛间的年龄，真是相差得太远了！最后，他又说：

“顺治八年辛卯正月二日，小宛死，是年小宛为二十八岁，巢民为四十一岁，而清世祖则犹十四岁之童子。盖小宛之年长以倍，谓有入宫邀宠之理乎？”

在如此的一个情形之下，自然可以把这疑案全部推翻，哪里还有人敢说董鄂妃即是董小宛呢？

四、董小宛与冒辟疆结合的始末

如今，我们可要回过笔来，把他们二人如何结合的一种情形写上一写了。最先，我们还得把这二个主要人物各来上一个特写，使读者对之有上极明了、极充分的认识。

冒辟疆，名襄。在《中国人名大辞典》中，是如此的传写他道：

“冒襄，起忠子，字辟疆，自号巢民。幼有俊才，负时誉。史可法荐为监军，后又特用司李，皆不就。所居有朴巢、水绘园、深翠山房诸胜。入清后，著书自娱，宾从宴游，极一时之盛。有《影梅庵忆语》《朴巢》《水绘》三集。”

在这里，冒辟疆是一个高人，是一个雅士，也是一个才子。

至董小宛，余淡心《板桥杂记》中曾有她的小传道：

“董白，字小宛，一字青莲。天姿巧慧，容貌娟妍。七八岁时，阿母教以书翰，辄了了。少长，顾影自怜，针神曲圣，食谱茶经，莫不精晓。性爱闲静，遇幽林远涧，片石孤云，则恋恋不忍去。至男女杂坐，鼓吹喧阗，心厌色沮，意弗屑也。慕吴门山水，徙居半塘，小筑河滨，竹篱茅舍。经其户者，则时闻咏诗声或鼓琴声，皆曰：‘此中有人！’已而扁舟游西子湖，登黄山，礼白岳，仍归吴门。丧母抱病，赁居以栖。……”

淡心此文，真是写得非常的出色，我们一读及之，仿佛便有如何美丽、如何巧慧、如何恬雅、如何高洁的一个佳人儿出现于眼面前了。他们二人，既一个是才子，一个是佳人，又生在同一时代中，当然不见面则已，一见了面，就会如磁之引铁、珀之拾芥，自有一种缠绵固结之情发生了出来的。

张明弼（公亮）为小宛作传，记她与冒辟疆良晤之始，那一段文字最是确切不移，也最是美妙无比。文道：

> 一日，姬方昼醉睡，闻冒子在门，其母亦慧倩，亟扶出，相见于曲栏花下。主宾双玉有光，若月流于堂户。已而四目瞪视，不发一语，盖辟疆心筹谓此入眼第一，可系红丝，而宛君则内语曰：“吾静观之，得其神趣。此殆吾委心塌地处也。”但即欲自归，恐太遽，遂如梦值故欢旧戚，两意融液，莫不举似，但连声顾其母曰：“异人，异人！”

但在《忆语》中述及这件事，却只淡淡地缀上了“面晕浅春，缬眼流视，香姿玉色，神韵天然，懒慢不交一语”这几句话，又不说出他自己当时是如何的一种心情，就算已是过了门，然饶是如此，只要是略具会心的，就可瞧到了他们那一种一见情倾、相喻无言的情形呢。所以，他们在第二次湖楼夜晤的时候，就有上说不出的一种深情，流露于不自觉，如下面所记述的一种光景：

> 舟过一桥，见小楼立水边。偶询游人：“此何处？何人之居？”友以双成馆对。余三年积念，不禁狂喜，即停舟相访。友阻云：“彼前亦为势家所惊，危病十有八日。母死，镝户不见客。”余强之上，叩门至再三，始启户，灯火阒如。宛转登楼，则药饵满几榻。姬沉吟询何来，余告以昔年曲栏醉晤人。姬忆，泪下曰：“曩君屡过余，虽仅一见，余母恒背称君奇秀，为余惜不共君盘桓。今三年矣，余母新死，见君忆母，言犹在耳。今从何处来？”便强起，揭帷帐审视余，且移灯留坐榻上。谈有顷，余怜姬病，愿辞去。牵留之，曰：“我十有八日寝食俱废，沉沉若梦，惊魂不安。今一见君，便觉神怡气王。”旋命其家具酒食，饮榻前。姬辄进酒，屡别屡留，不使去。

这明是在第一次会见的时候，彼此虽是默然相对，却早已种下了情苗，一到了现在相当的时期，自尔滋生怒长，蔚成奇葩，再也不能遏抑的了！于是，有接下去的二十七日之随路祖送，坚以身从；有白门秋试时之孤身挈老媪相访，因避盗而几至柁折舟毁，有銮江之以小舟相追从，燕子矶阻风，几于遭到灭顶之祸：这在小宛，一一都足见她是如何的一往情深，矢志不移的。可是，如辟疆这们的深闭固拒，不肯就接受小宛从良的请求，有人或者要说他太是忍心了一些。其实，这是太不明了他的环境了，他在当时倘然不是处在非常困难的一个环境中，他又何尝不愿意，把这美人儿赶快娶了回去呢？

好了，老天总是要成全他们这一对情人的。到底仗了虞山宗伯等一行人的大力，给小宛完了债，落了籍，又把她安安稳稳地送到了如皋冒辟疆的家中去。这在他们二人，从此方可了却下天大的一桩心事了。辟疆在追忆此事的时候，怪不得要说上“然往返葛藤，则万斛心血所灌注而成也”这二句话呢！

五、耐劳耐苦的董小宛

小宛的一往情深，矢志不移，上面已是说过的了，但她为人的贤而有德，并能耐劳耐苦，不但不像是从曲院中出身的，就在寻常巾帼中，恐也找不出来吧？至于专以色媚事人的一般姨太太，更不能和她同日而语的了。如《忆语》中所谓：

> 服劳承旨，较婢妇有加无已。烹茗剥果，必手进。开眉解意，爬背喻痒。当大寒暑，折胶铄金时，必拱立座隅，强之坐饮食，旋坐旋饮食，旋起执役，拱立如初。余每课

两儿文，不称意，加夏楚，姬必督之改削成章，庄书以进，至夜不懈。越九年，与荆人无一言枘凿。至于视众御下，慈让不遑，咸感其惠。

这不但对于小宛的为人加以细致的刻划，即她的事上以恭谨、处下以慈让，也在这里都给她全个儿宣扬出来了。又，当甲申三月十九之变，辟疆因如皋城中“群横日劫，杀人如草”，也只得挈同了一家人逃出城去。不料，好容易刚逃到了泛湖洲，仍有不轨者流耽耽焉窥视着他们，他们于是不得不又宵遁了。在这节中，《忆语》中如是写道：

余即于是夜一手扶老母，一手曳荆人，两儿又小，季甫生旬日，同其母付一信仆偕行。从庄后竹园深箐中蹒跚出，维时更无能手援姬。余回顾姬曰：“汝速蹴步，则尾余后，迟不及矣！”姬一人颠连趋蹶，仆行里许，始仍得昨所雇舆辆。

我们试为设身处地一想：小宛当时所遭受的困苦，不是较之他家其余的人更要加上倍蓰了吗？倘然换了别一个女子，一定要发上一番怨恨的说话的，何况在此行中，还把她的珍爱之物一齐丢失了！谁知，照《忆语》中所述的：

当大难时，首急老母，次急荆人、儿子、幼弟为是。

彼即颠连不及，死深箐中无憾也。

这一节话看来，她不但没有一些怨恨之心，反而很以辟疆的这个举动为是。你瞧，她是何等的贤德，又是何等的懂得大道理的！

到了乙卯的那一年，剃发之令初下，人心皇皇然，他们又要预备第二次的逃难了。辟疆照着他“先急老母，次急荆人……”的老办法，又要把小宛委弃在他一个朋友的家中。小宛的答语乃是：

君言善。举室皆倚君为命，复命不自君出。君堂上膝下，有百倍重于我者，乃以我牵君之臆，非徒无益，而又害之。我随君友去，苟可自全，誓当匍匐以俟君回。脱有不测，前与君纵观大海，狂澜万顷，是吾葬身处也！

这些话，悲恻固然是非常的悲恻，然仍没有一些怨恨的意思呢。幸而因为一家人也都舍割不下她，方把前议取消，仍携之同行了。而于此尚有一点堪举述，即辟疆的能以老母妻子为重，爱妾为轻，也可说得是难能可贵的。倘然换了是个无行的人，一旦遇到逃难的时候，说不定他所最急的，只是一个爱妾，哪里还会顾及什么老母和妻子呢！

至辟疆在五年中遭到了三次的危疾，也都是由小宛一个人尽心尽力地服伺着他的，兹录《忆语》中的一节于下，以概其余：

此百五十日，姬仅卷一破席，横陈榻边，寒则拥抱，热则披拂，痛则抚摩。或枕其身，或卫其足，或欠伸起伏，为之左右翼，凡病骨之所适，皆以身就之。鹿鹿永夜，无形无声，皆存视听。汤药手口交进，下至粪秽，皆接以目鼻，细察色味，以为忧喜。日食粗粝一餐，与吁天稽首外，惟跪立我前，温慰曲说，以求我之破颜。余病失常性，时发暴怒，诟谇三至，色不少忤，越五月如一日。每见姬星靥如蜡，弱骨如柴，吾母太恭人及荆妻怜之感之，愿代假一息。姬曰："竭我心力，以殉夫子。夫子生而余死犹生也。脱夫子不测，余留此身于兵燹间，将安寄托？"

这侍疾虽然是为姬妾者的本分，不能算得是什么，然能像小宛这般的尽劳竭瘁，真也难为她的了！

六、影梅庵中艳福无双

辟疆把小宛娶了来，置之影梅庵中，前后虽只有九年的相处，然而讲到艳福二字，也可算是享尽的了！兹把《忆语》中所记述的，选录数则于下，如：

余凡有选摘，立抄成帙，或史或诗，或遗事妙句，皆以姬为绀珠。又尝代余书小楷扇，存戚友处。而荆人米盐琐细，以及内外出入，无不各登手记，毫发无遗。其细心专力，即吾辈好学人鲜及也。

这分明是于红袖添香之外，兼当了一个女书记了。像这样的一种艳福，决不是庸俗之子所能享受得到，而也决不是他们所能梦想得到的！又如：

而嗜茶与余同性。又同嗜界片。每岁半塘顾子兼择最精者缄寄，具有片甲蝉翼之异。文火细烟，小鼎长泉，必手自吹涤。余每诵左思《娇女诗》“吹嘘对鼎鬲”之句，姬为解颐。至“沸乳看蟹目鱼鳞，传瓷选月魂云魄”，尤为精绝。每花前月下，静试对尝，碧沉香泛，真如木兰沾露，瑶草临波，备极卢陆之致。东坡云：“分无玉碗捧蛾眉。”余一生清福，九年占尽，九年折尽矣！

茶香浮动，秀色可餐，似此艳福，更令当之者有出尘之想，无怪辟疆要有末后的这二句话了！ 又如：

姬每与余静坐香阁，细品名香。宫香诸品淫，沉水香俗。俗人以沉香著火上，烟扑油腻，顷刻而灭，无论香之性情未出，即著怀袖，皆带焦腥。沉香有坚致而纹横者，谓之“横隔沉”，即四种沉香内隔沉横纹者是也，其香特妙。又有沉水结而未成，如小笠大菌，名“蓬莱香”，余多蓄之。

每慢火隔砂，使不见烟，则阁中皆如风过伽楠，露沃蔷薇，热磨琥珀，酒倾犀斝之味。久蒸衾枕间，和以肌香，甜艳非常，梦魂俱适。外此则有真西洋香方，得之内府，迥非肆料。丙戌客海陵，曾与姬手制百丸，诚闺中异品。然爇时亦以不见烟为佳。非姬细心秀致，不能领略到此。

焚名香，对美人，艳福确是不浅。当此时际，香也，美人也，究竟是一是二？恐怕辟疆也有些分不清楚了！

此外，闺房韵事，更是不一而足，横竖读者可细细地披读，不用我一一地举述了。总而言之，像他们这般的柔情逸致，古今来良不多得，真可以在温柔乡中创立出一个新纪元来的呢！而只要是读到《影梅庵忆语》而加以赞赏的人们，倘然能使他们也遇到这样的一个董小宛，享受到如许的柔乡佳趣，那就教他们也同辟疆一般“一生清福，九年占尽，九年折尽”，大概是非常情愿的吧？至于他们生就的是一对漂亮人儿，游屐所经，常有一种豪情逸致表露出来，足令人们啧啧于口。如记偕登金山的那一段：

壬午清和晦日，姬送余至北固山下，坚欲从渡江归里。余辞之。益哀切，不肯行，舟泊江边。时西先生毕今梁寄余夏西洋布一端，薄如蝉纱，洁比雪艳，以退红为里。为姬制轻衫，不减张丽华桂宫霓裳也。偕登金山，时四五龙舟冲波激荡而上，山中游人数千，尾余两人，指为神仙。绕山而行，凡我两人所止，则龙舟争赴，回环数匝不去。

呼询之，则驾舟者皆余去秋浙回官舫长年也。劳以鹅酒，竟日返舟。舟中宣瓷大白盂，盛樱珠数升，共啖之，不辨其为樱为唇也。江山人物之盛，照映一时，至今谈者侈美。

这在辟疆的笔头上，虽是写得太高兴了一些，然其足为千古佳话，总是无可置疑的，而就是生在数百载下的我们，一读及这一节，也不禁为之神往。至“不辨为樱为唇”这一句话，更是传神阿堵，非亲身经历其境者，决不能作此妙笔呢！

作者简介：

赵苕狂（1892—1953），名泽霖，字雨苍，号苕狂，别号忆凤楼主，吴兴（今浙江省湖州市）人。

曾先后主编《四民报》《金刚钻》《新上海》《红玫瑰》等刊物。并写了二十多种小说，是“鸳鸯蝴蝶派”的代表人物之一，影响力非凡。

作品有《玉碎珠沉录》《妇女奇冤双观》《真假婚事》《衖堂博士》《墙外桃花记》《剑胆琴心录》《神怪斗法记》《铁拳大侠传》《世外探险记》《怪富人》《鲁平的胜利》《赵苕狂小说集》等。

《香畹楼忆语》译文

嘉庆二十二年的寒冬，我的父亲被免去了职务，从崇疆回到了家中，官场生活使他劳累过度，患上了很严重的疾病。我的母亲抱病服侍父亲，从冬天忙到了春天，几乎衣不解带。父亲吃什么药都没有效果，一群医生都感到束手无策。我当时刚刚得过一场病，才刚刚能起来，就流着眼泪到白莲桥华佗神医的祠庙去祈祷，情愿减去自己的阳寿，来增加父亲的寿命。我的夫人允庄又在慈云大士的塑身面前发誓，愿意长年吃斋绣佛，并且和我每日拿着《观音经》若干卷，奉我佛慈悲之心，对众人行善举。于是华佗神医赐了药方四十九剂，父亲服用后，病情渐渐开始好转。自此之后，我们夫妻二人分居了四年时间。允庄当时正在挑选明人的诗作，又患上了失眠的毛病。她总是左手边一盏灯，右手边一杯茶，到了深夜手里还拿着一本书在编撰。每到清晨鸡鸣报晓之时，她还没有就寝。她常常忧虑自己心神损耗身体孱弱，上不能奉养双亲，下不能抚育儿女，常常给她的姨母高阳太君和嫂嫂中山夫人写信，请她们为我寻访挑选一位妾室。我坚决地拒绝了这件事。后来，允庄知道吴中的湘雨、伫云和兰语楼的诸位美人，都有愿意嫁给我为妾的意思，就多次请求母亲为我纳妾。我则坚持认为不可以这么做。父亲大人靠着俸禄养活亲人，他为官清正廉洁，十年过去了，却没有能拜授实职，跟着他相依为命过日子的有上千人，指望他养活的有几十家。我祖父尚在堂前，年龄已有七十多岁了，他一直有仕途荆棘密布、官场波谲云诡的感慨。我四次参加科举考试，都没能考上，正准备放弃仕途从文，担负起家族的责任来。可是这么多的美人，为什么就独独钟情于我呢？我担心会娶了一个心术像射工虫一样歹毒的女子，所以不想做出这样的错事，况且就算是娶到绿珠、碧玉这样的女子，也仅仅只能奢侈地满足自己的香艳之情，冷热天气，晨昏定省，谁又来侍奉我的老母亲呢？要想在男女的事上不留下无穷后患，就千万不能草草行事。

金陵城中有一位号称停云主人的女士，是风尘女子中的侠义之辈。她十分珍爱她的女儿，待她不异于掌上明珠；她错听了我的虚名，愿意将女儿许配给我。晴梁太史申白甫丈人向我转达了她这一片美好的心意，我于是赋诗委婉地谢绝了她：

肯向天涯托掌珠，含光佳侠意何如？
桃花扇底人如玉，珍重侯生一纸书。

新柳雏莺最可怜，怕成薄幸杜樊川。
重来纵践看花约，抛掷春光已十年。

生平知己属明妆，争讶吴儿木石肠。
孤负画兰年十五，又传消息到王昌。

催我空江打桨迎，误人从古是浮名。
当筵一唱琴河曲，不解梅村负玉京。

白门杨柳暗栖鸦，别梦何尝到谢家？
惆怅郁金堂外路，西风吹冷白莲花。

这几首诗渐渐流传开来，被紫湘看到了，激动赞扬，大为感叹。我们俩这段缘分，有着像兰花般美好的前因，像飘絮般离散的结果，而无论起因还是结果，都是从这时开始生根发芽慢慢成长起来的。

正月下旬，我准备游历秦淮以东。取道秣陵后，我第一次在纫秋水榭见到了紫湘。当时停云主人的娇女幼香即将出嫁，骑尉仲澜拉着我一起去见她。我和紫湘相见之时，描金的香烛流动着柔和的光辉，玉色的梅花在四周交相辉映，我们四目相视，眼波交融，不发一言。仲澜回过头来看着幼香，笑着重述起《冒姬董小宛传》中的话："主宾双玉有光，所谓月流堂户者，非耶？"我的酒量很小，连一只蕉叶杯的酒劲都受不了，紫湘陪着我坐在她家的碧梧庭院中，对饮着上好的茶，温柔细碎地述说着我的家事，好像对此非常熟悉。我惊讶地问她，是怎么知道的，她低着头，微笑着说："其实我知道您已经很久了！之前读到了先生写给幼香的书信，缠绵悱恻，好像无法承担她的这份深情厚谊似的。现在幼香将要远嫁了，这是先生您给耽误的，最好写一首诗来牢记您的过错啊。"当时幼香正在演唱《牡丹亭·寻梦》一折，紫湘自去拿出笔墨，为我铺好纸张。

我也怦然心动，挥笔快书写道：

休问冰华旧镜台，碧云日暮一徘徊。
锦书白下传芳讯，翠袖朱家解爱才。
春水已催人早别，桃花空怨我迟来。
闲翻张泌《妆楼记》，孤负莺期第几回？

却月横云画未成，低鬟拢鬓见分明。
枇杷门巷飘灯箔，杨柳帘栊送笛声。
照水花繁禁著眼，临风絮弱怕关情。
如何墨会灵箫侣，却遣匆匆唱渭城。

如花美眷水流年，拍到红牙共黯然。
不奈闲情酬浅盏，重烦纤手语香弦。
堕怀明月三生梦，入画春风半面缘。
消受珠栊还小坐，秋潮漫寄鲤鱼笺。

一剪孤芳艳楚云，初从香国拜湘君。
侍儿解捧红丝研，年少休歌白练裙。
桃叶微波王大令，杏花疏雨杜司勋。
关心明镜团圆约，不信扬州月二分。

紫湘读到末尾一段，感慨地说：“过去曾听说先生家里长者慈祥，夫人贤惠，先生找不找妾室其实并不重要，至于有些人以为您是薄情之辈，这都是对您不理解啊。您的老母亲长年抱病，我揣测着您如此郑重地对待这件事，是想找个能侍奉母亲的人吧？”她于是立即在给我饯行的诗中写道：

烟柳空江拂画桡，石城潮接广陵潮。
几生修到人如玉，同听箫声廿四桥。

西沉的月色下，乌鸦啼鸣。霜色浓重，马蹄打滑，我挥鞭策马告辞而去，心中为离别感到黯然销魂。我在湖边树荫下独自游览，眼前新发的如茵绿草仿佛梦境一般，我边饮茶边看花，很有一番“人面不知何处去，桃花依旧笑春风”的感慨。此后不久，我忽然从申白甫丈人那里得到紫湘的书信，倚栏依次诵读，并作了一首诗记下这件事，诗是这样写的：

二月春情水不如，玉人消息托双鱼。
眼中翠嶂三生石，袖底金陵一纸书。
寄向江船同棹后，写从妆阁上灯初。
樱桃花淡宵寒浅，莫遣银屏鬓影疏。

无论是祖父祖母，还是父母都十分看重我和紫湘相遇相知的这段情缘，夫人又非常赏识紫湘卓尔不凡的才华，他们都在其中牵线搭桥，极力促成这件婚事。我说：“我和紫湘只有一面之缘，要给她终生的承诺，必须要秉承双亲的命令才能行事，约莫只有这样对紫湘才不会显得唐突冒昧。”允庄说：“昨天我听到母亲大人说：‘紫湘深明大义，不是寻常的风尘女子可比的。申白甫年丈不能同去，那么做媒一事，可以请六一县令大人担任。’”于是，在九月八日这一天，我们扬起秋日的风帆出发了。九九重阳节渡江，当时风清气朗，日光和美。白下一带的群山，都像佳丽画好黛眉，整理好钗鬟，在欢迎我们呢。

六一县令新官上任，就要到之江就职，听紫湘的父母说她属意于我，想委托他代为提亲，于是他就先到丁帘水榭来拜访我。他诧异地说：“从来都是名士追求倾国倾城的美人，现在美人也追求名士，你们珠联璧合，实在不是件偶然的事。我在燕台待了很久了，现在从三千里外回来办公事，刚好趁这个机会来成全你们这段佳话。”我拿出申白甫丈人的信给他看，他抚须说道：“既有父母之命，又有媒妁之言，这足以让她这样的青楼女子扬眉吐气，脸上增光了。”迎亲时，因为紫湘的性情端雅庄重，不想叫我亲自乘船去迎接，县令就让他的夫人和紫湘的母亲陪着紫湘乘着虹月舟快船西下。在瓜洲停泊时，祖父祖母更是派了宝马香车玉舸画船把紫湘接回家中。

青楼之中，和紫湘素来交好的有十位姊妹。大姐嫁给了铁岭的方伯，二姐嫁给了天水的司马，三姐嫁给了汝南的太守，四姐嫁给了清河的观察，五姐嫁给了陇西的参军，六姐嫁给了乐安氏，七姐嫁给了清河氏，八姐还没出嫁就不幸去世，九姐嫁给了鸳湖的大尹，紫湘是花枝上含苞待放最小的那一朵。蕙绸居士为我的

《梦玉词》作序说道：“听说紫湘刚刚嫁给陈小云先生时，秦淮的诸多女子都特别激动羡慕，大为赞扬感叹，认为紫湘找到了美好的归宿，都高兴地为她流下了泪，就像董小宛的故事，她嫁给冒辟疆时的情景一样。”渤海生的《高阳台》这首词中有“素娥青女遥相妒，妒婵娟最小，福慧双修”的句子。看到紫湘这番经历的人都认为这的确是实情。紫湘也对我说：“出嫁前，大家为我摆酒席饯行时，姐姐和姐夫们都来了。他们也在绿窗下悄悄议论，都有‘后来者居上’的感叹。”紫湘七姐所嫁的清河氏，为人尤其放诞不拘，文采风流。他偶然和他的嫂嫂闰湘、玉真谈到身后名的问题，就引用了李笠翁《秦淮健儿传》中的一句话：“此事须让十弟，我九人无能为也。”座下的两排姐妹都很佩服他诙谐有趣、精妙绝伦的谈吐。

苏州有一位名叫明珠的女郎，偶然间也有想嫁给我的意思。考功大人安定对申白甫丈人戏说：“小云就像玉山一样俊朗，仙露、明珠都比不上啊。”申大人把紫湘的事告诉他，考功大人笑着说：“大概只有十全十美、高超不凡的女子，才可以令司马相如为之心动吧。”因为他也知道紫湘排行第十，所以用这句话来打趣。

我住的朗玉山房里有一瓶兰花，率先开了一枝同心并蒂花。允庄说：“这是国色天香的好兆头。”于是我们就把安置紫湘的新房取名为“香畹楼”，给她取了一个字叫“畹君”。我由此作了《国香词》一首，词是这样说的：

悄指冰瓯，道绘来倩影，浣尽离愁。回身抱成双，笑竟体香收。拥髻《离骚》倦读，劝搴芳人下西洲。琴心逗眉语，叶样娉婷，花样温柔。

比肩商略处，是兰金小篆，翠墨初钩。几番孤负，赢得薄幸红楼。紫凤娇衔楚佩，惹莲鸿、争妒双修。双修漫相妒，织锦移春，倚玉纫秋。

一时间，词坛中的高手们，像平阳太守、延陵学士、珠湖主人、桐月居士，都纷纷写下了相和之作。紫湘极为赞赏我写的词说："先生的词不但有张炎典雅蕴藉的风格，而且还兼容了几家词人的长处。"我一向不擅长填词，这以后便推敲起其中奥妙，词作也渐渐多了起来。允庄给我的词集取名叫《梦玉》，并笑着说："桃李满天下的一代宗师，应当让位于抒写才女故事的词人们才是。"

闺房之中有一种游戏，是以指上的螺纹来验证人是灵巧还是笨拙。俗有"一螺巧"的说法。我的左手仅仅食指上有一个螺。紫湘嫁给我一个月后的某一天，她坐在绿梅掩映的绮窗下，正对镜子梳妆整理。夫人和姐妹们开玩笑地查验她的手指，见她也只有左手食指上有一螺。她们把她的指纹用胭脂印了下来，四处传看，颇觉神奇。祖父祖母听说了，笑着说："这真的可以称得上是巧合了。"

有一位莲因女士很倾慕紫湘风雅的声名，送了她自己画的一套"惜花小影"，画中的人身穿浅红色的衣衫，淡立在玉梅花下，珊珊秀丽的姿影，颇有几分像紫湘。当时广寒外史把我和紫湘的爱情故事写成了《香畹楼》院本，我因此感怀这件事的事实原委，作了一首词来纪念。词中写道：

省识春风面，忆飘灯、琼枝照夜，翠禽啼倦。艳雪生香花解语，不负山温水软。况密字、珍珠难换。同听箫声催打桨，寄回文大妇怜才惯。消尽了，紫钗怨。

歌场艳赌桃花扇。买燕支、闲摹妆额，更烦娇腕。抛却鸳衾兜凤舄，髻子颓云乍绾。只冰透、鸾绡谁管？记否吹笙蟾月底，劝添衣悄向回廊转。香影外，那庭院。

紫湘读后，笑着递给我一本画册说："先生你看这些画是不是和我神似？"原来是马月娇画的十二帧兰花，它们仿佛开放在清风明月之下，秀丽无比，美绝红尘。画册首页题了"紫君小影"四字，是她嫂嫂闰湘的手笔。这本画册原是闰湘所收藏的，因为庆祝紫湘嫁给了我，临别时就欣然题字相送，放在紫湘的嫁妆箱笼之中。我准备把它们刻在石碑上使之永久流传，紫湘则有些惆怅地说："这只是些香闺中的私人韵事，传出去我担心会被世俗之人添油加醋到处传说。"于是我就改了主意。

蔻香阁的主人性格豪放，不拘小节，被人们称为花中的芍药。她曾经对芳波大令说："我们这些姐妹中，紫夫人堪称空谷中的幽兰，姿色气质品性人格，当推第一。天下间竟又有这样一位云公子非紫夫人不娶，而紫夫人也非云公子不嫁，两人真是奇缘仙偶，将嫁娶之事办得端庄郑重、清白分明，实在是为天下的青楼女子扬眉吐气。而像我这样的人好比飘零的花叶一般,就算落在篱笆上、厕所里，也是命该如此。”芳波大令经常提起她的话，并为之叹息不已。

捧花生写过一篇《秦淮画舫录》，把倚云阁主人推为花首，此外的纪事有很多不实之处，文人墨客都讥笑他。我因办公事在秣陵羁留，仲澜叫我和他一起去拜访倚云，她一见我就叫出了我的字号，并说：“这就是娶了紫湘的那个人。”（喻指陈裴之娶紫湘）仲澜和我都感到很吃惊。当时有一个高官对我风流在外的名声感到震怒，我办事时遭到了他的一些刁难。后来我回家去告诉紫湘，紫湘笑着说：“堂堂一个高官听到您的名声只会震怒并压制您，而倚云对您的名字早有所闻，却推崇敬仰您。她有如此的器量，被推选为花魁也是应该的。”

我受到彭城都转运使的器重，他请示了阁部节度使，下了公文要治理真州的水利，并拿出库藏的三十七万两银子命我担任出纳。我坚决辞谢，以为不可，转运使恼怒地说：“我知道你在策划管理和个人品质方面都很出色,所以才对你委以重任。你现在倒这样推脱闪躲，未免是在耍滑取巧。”我说：“不干出纳，确实是一种怕担责任、耍滑取巧的行为，但如果做出纳，肯定会蒙上不肖的坏名声。我们去做一件事，首先要不能玷污自己，然后才会考虑到于公有益。我这样做当然是由于我迂腐拘谨的一贯性格，但也是为了报答明公的知遇之恩啊。”转运使看我并没有其他意思，方才作罢。当时我从官府回到家中，已经是深夜了，夫人和紫湘坐在香畹楼上赏玩月色。夫人询问一番才得知我迟归的缘故，高兴地说：“夫君能有掌管巨款的机会而不企图谋私，足以报答彭城都转运使大人了。”紫湘说：“世人浑浊，独我清白，这种姿态必然会触犯众人的妒忌心。而严于律己，宽以待人，大概就可以免去身处牛渚的隐患了吧。”我们夫妻俩不禁感叹紫湘点睛之笔般的话语，真是简明扼要，毫不烦冗。

我在过去撰写的《秦淮画舫录序》中说：仲澜叫我为捧花生的《秦淮画舫录》写序言，仓促之间我还没有答应。晚秋的一个黄昏，蕊君小姐召集众人到兰语楼做客，焚香赏画，垂帘弹琴，在这样的气氛中，我和她一起徘徊了很久。蕊君问我：“李香君早已经不在人世了。可是《桃花扇》里的曲目，人们却一直都很欣赏。像侯方域那样的人，您以为他是佳偶呢，还是怨偶呢？”我说：“李香君退掉阮大铖送来的妆奁，没有辜负侯生；而侯生所做的事，却有很多都是愧对于李香君的，他确实不能称得上是佳偶。”蕊君点了点头。又说：“柳如是女扮男装去见陈子龙，被陈子龙所拒绝。如果她发誓说‘像我这样身处风尘的弱质女流，被清流所摒弃，情愿跳到泖湖里去，了此残生’，那陈子龙或许就会被她的精神所感动，也就不忍心让她嫁给钱谦益，致使她后来被钱谦益降清屈节的臭名所玷污了吧？”我说：“这是柳如是的不幸，也是陈子龙的不幸。顾横波侍宴，对黄石斋先生的人品学问十分佩服，后来也终于被气节沦丧的龚鼎孳所误，使得葛嫩和孙临独自成全了名节，这是可悲的。您没看过九畹的兰花吗？湘人佩带它，更加增添了兰花的芬芳；群蚁趋近它，兰花就会枯败，这是因为它所遇到的对象不同。像您这样洗净铅华，独独耽溺于浩瀚书海，不贪恋权贵，又蔑视金钱的人，在世俗市侩们的眼中，早就是被嘲笑的对象。况且文人没有德行，也是令人寒心的。即使像钱谦益、龚鼎孳、侯方域那样的人，在当时能够主持文坛，领导复社，其实已经不是那些仅仅只会舞文弄墨、眠花宿柳、自诩为名士的人可以比拟的。至于他们最后晚节不保，愧对于追随他们的女子，倒不如杜牧对青楼女子薄情，还不至于误了名媛佳丽们的名声。我也常常追怀这些前尘旧事，心中郁郁寡欢。人还没到中年，已是愁绪满怀。我今天得以了解您的胸襟怀抱，真是旷世之人，独秀于群。我心中暗自忧虑，毕竟知己，倘若一些早年的盟约如冰雪消散，加上假母喜欢钱财，又碰上冒充璧人的男子，你又如何是好呢？阳春白雪之音在今天这样浮躁的社会早已成为绝响,花天酒地、纸醉金迷的夜生活让人们沉溺其中。而吴中那些木石心肠的人们，还用不堪入耳的语言来劝慰您说‘与其留得身后名，不如生前一杯酒’。唉，把香草和臭草放在一起，味道得相差多远？让鸟和鱼一同居住，只能是彼此互不亲近，白白蹉跎时光。谈论古今，难道能不分是非清白吗？”

蕊君听我说了这一番知心的话，眼泪不由沾湿了手帕，哭泣中只能用手捧着发髻维持它的造型，仿佛控制不住自己的感情。我也移到灯下坐着，心中黯然，不再饮酒。当时仲澜催我写序言催得很紧，蕊君点燃灯油，铺好纸张，请我记下今天晚上我们所谈的话。金陵的杨柳，青溪的桃叶，在辰楼里听戏赏曲，在丁帘下醉卧花间，江南佳丽云集在秦淮河畔是由来已久的事了。等到故国不再，旧时的院落都成了沧海桑田中的一部分，名士白了头发，美人化为黄土，这也正是余怀撰写《板桥杂记》的初衷了。如今捧花生处于太平盛世，和美人一起出游，纵情于湖光山色之间，玩赏收集花卉草叶。辉煌的灯火代替了夜空中的明月，饮酒猜拳、拨弦弄管的声音直通云天；精美的画舫荡漾在优柔的烟波之上，拾取翠羽、眠花卧柳的欢乐遍及大地。南朝的金粉，北里的烟花，在温柔乡里品评娇姬艳女，在优美的诗文中抒发一腔志愿。余怀《板桥杂记》，自然难以在前面独享美名了。我私下里想说，在轻烟淡粉之中，其实正应当有像蕊君这样的女子，余怀和捧花生这两位先生写了文章给大家阅览，并且提到李香君、柳如是的往事，不知道会不会有人有感于蕊君的话而凝眉，流下眼泪沾湿两颊的胭脂水粉呢？

这是一时兴起的作品，恍恍惚惚已不大记得了。等到紫湘嫁给我以后，允庄谈及此事，打趣我说："夫君当时用他人的酒杯，浇自己心中不平的郁结，兴致浓烈起来就落笔题写，感慨的话语很多。如果到了今天，还敢说秦淮无人吗？"苕妹说："兄长平生虽然有不少与佳人相遇的机会，然而都能陈述礼节的重要性用以自持，不肯有哪怕只是稍稍涉及苟且轻薄的行为。今日得到紫湘姐姐，是上天对兄长最好的回报。"闺中姐妹们都点头称是。

有一位秋影主人，中年以后就闭门谢客，整日焚香品茗，吟诵诗文，是花花世界的一缕灵光，出身风尘而不染淤泥，后来的佳丽们，都非常崇拜并敬佩她。先前，香霓阁中人有下嫁给品行低劣者的，秋影主人都会苦口相劝。她听说紫湘嫁给了我，庆幸她得到好的归宿，一直想要见我一面。申白甫丈人在我修饰仪表后介绍我与她见面，她笑着说："紫湘一直都很清瘦，玉骨单薄，最近应该长得丰满美艳些了吧。她是蕴藏在蚌中的珍珠，抱有璞玉般清洁的品质，我早看出她与众不同。她能有这样识别英雄的慧眼，尤其为我等女流之辈脸上增光呢。"我回去以后把她的话告诉紫湘，紫湘一笑莞尔。

邗江地处道路交会之处，官宦大家云集。我每天拜谒前辈，聆听教导，很少有宁静的时候。深夜十分寒冷，母亲大人叫紫湘躺在床上一边打盹一边等我回来，紫湘却仍然剪着灯花，端着一杯温茶，在炉火边端坐着等我。到了清晨又梳洗打扮，依次去问候长辈的起居。早起晚睡，坚持数年如一日。

紫湘将要嫁给我时，偶尔与倚红、听春几个姐妹一起品评蒋士铨所写的戏曲剧本，大家或是吟唱《香祖楼》中的警句，或是欣赏《四弦秋》中的曲目。紫湘却独自挑出《雪中人》中"可人夫婿是秦嘉，风也怜他，月也怜他"那几句，吟唱不停。侍奉外甥唐桂仙的丫鬟改子笑着说："十姑这时心里想的，肯定和这句唱词一样！"满座的姐妹们，都认为她猜透了紫湘的心思。我前年在彭城服役，寄给紫湘的词中有句子是这样说的："蹋冰瘦马投荒驿，负了卿怜惜。累卿风雪忆天涯，休说可人夫婿是秦嘉。"就是指的这件事。后来又在路经下相的途中寄给紫湘一首词，写道："霜月当头圆复缺，跃马弯弓，那怪常离别。约了归期今又不，关山只识无啼鸩。何事沾膺双泪热，帐下悲歌，竟未生同穴。忍与归时灯畔说，五更一骑冲风雪。”南州的朱夫人为我写了首《行香子》，晚翠庵主人就把我的原词写在上面。紫湘每次捧着诵读，感动的泪水都会洒满了衣襟。凄楚的呜咽之声，好像是风吹动着绵绵的柳枝和芳草一样。

我自幼涉猎兵书，长大以后喜欢交结豪杰之士，然而像清河君那样忠肝义胆、廉洁自律的人，非常不多见。长白地区的尚衣大人，想要惩治枭雄的意思锐不可当，坚决要禁止暴力铲除危害，他上书阁部，说对于燕赵的壮士和江淮的怪类，朝廷要想恩威并施加以管理约束，只有我才能当此重任。我奏启阁部说：“没有恒定的产出却坚持有一颗恒心，这只有士人才能做到。鸡鸣狗盗之徒中也有雄才大略的人，只是他们为饥饿所驱使，不知道选择正当职业，铤而走险，这才是最大的祸患。即使是朝廷全面庇佑，四处施恩，也总有照顾不到的地方，如果能培养一些有用的人才，就可以消除一些无形的祸患。”阁部赞同我的意见，并且说：“就拿鸟中的枭类来说吧，它们也是以毒攻毒，而我们用兵的方法也应该是如此。”忠诚信义所到之处，是对圣人理念一种如影随形的呼应。紫湘说：“老鹰飞得高，而心怀杀机，龙的心性则是难以驯服的，和这一类人相处，先生要胆大心细，这是我宁愿冒昧也要奉劝您的一句话。”因为我管理下属平时很宽松，对那些隐藏很深的小人难以明察。紫湘对我的温和而有益的劝告，使我时时都像得到了韦弦的帮助。

淮河以南因为浚河而停止了船运，我去求见长官，献上一个用

“移梱”去疏通河道的办法，节度使和彭城都转使得到了这个计策，纷纷庆贺自己从此便可以安枕无忧了，真州的贤士们作歌写诗来赞美我。等到我回家的时候已是年底，我心里为此感到很烦闷。紫湘说：“这一趟下来，储藏了不少人力物力，免掉了百姓的赋税徭役，使他们能够安居乐业，百姓颂扬不已，虽然你回来时已是风雪满天的岁末，但不虚此行，哪有什么辜负香衾的遗憾呢？”

在广陵的七夕之夜，母亲命人在璧月楼前设宴。紫湘带着闺中的伙伴们，在香阶上给母亲磕头请安。她又解下绾在手臂上的那种名叫“怜爱缕”的丝带，叫小丫鬟偷偷放在屋脊的鸱吻之上。我们杭州老家一直流传着喜鹊会把丝带衔成桥梁的说法，说牛郎织女可以由此渡过银河。萼姐开玩笑地裁了一匹洁白的縠纱，并画上并蒂的兰花桂花抛给紫湘，叫她对月刺绣，紫湘以金缕银丝绣得华彩参差，巧夺天工。我把这幅刺绣的作品放在箱子里赏玩，把它看得比蔡氏金梭还要珍贵。

癸未年仲春，我的母亲患了重病，危在旦夕，紫湘便烧香拜佛，启禀上天，愿意以自己的性命来代替她老人家。我当时正奉命驻扎在工地，得到消息，连夜赶了回来，到太平桥华佗先生祠堂祈祷，求到了三剂药方。吃了以后，她就痊愈了。紫湘从此就代我吃观音斋，以报答母亲的一片恩情，至死不替。

紫湘与我感情很深，但是不屑于嫉妒。当时香影阁赠我环花绡的手帕，香霏阁赠我白色的绢纨和一些小佩饰，秋雯阁赠我瓜脯和绣缕，紫湘都把它们层层包裹好，收藏起来。又有香霏阁赠我的一只蝈蝈，装在一只雕工精致的笼子里，紫湘尤其爱不释手。她说：

“宋玉长得英俊潇洒，引来隔壁的女子登墙窥伺；潘岳玉树临风，上了街，女人们都向他的车里抛掷果品，这都是人之常情。如果不是先生俊俏可爱，又有谁会去过问你呢？”

我随意地出入烟花之地，在红粉丛中逗留，常常被美丽时髦的女子所挽留，我于是作了一首《柳梢青》来答谢她们说：

曳雪牵云，玉笼鹦鹉，唤掩重门。曲曲回阑，疏疏帘影，也够销魂。　愁看照眼浓春，添多少香痕泪痕。默默寻思，生生孤负，无数黄昏。

休蹙双蛾，鬘华倩影，好伴维摩。娇倚香篝，话残银烛，闲煞衾窝。　更无人唱回波，只怕惹情多恨多。叶叶花花，鹣鹣鲽鲽，此愿难么？

允庄说：“先生既风流又秉持道学要义，既不触犯宗法条例也不背离烟花娱乐的精髓，当真是和众香国里的女子们打交道的最好方法。”紫湘说：“想想那些命运不好的女子，像是好花飘到了篱笆上、厕所中，实在令人伤心千古。公子能够出现在她们身边，帮助她们度过苦闷的境地，也算是在情天之下修成一番善果。”我说：“如何才能有千万间金屋，庇护天下间所有的美人，让她们永远满面欢颜呢？”紫湘听了为之嫣然一笑。

我因为存有乌鸦反哺侍奉父母的心愿，就很害怕到远处去做官，但为朝廷奔波效劳，我也曾出过几分微薄之力。相国大人对我曾有过“国士无双”的溢美之词，皇帝的诏书也对我有过“缉捕勤能，始终奋勉”之谕，对于诏书上的称赞我难以企及，而官员决议的事我则没有意见，赡养父母，结草衔环报答养育之恩，这是我不可能甘愿废弃的事。在冰雪中长途跋涉，小队人马带着弓刀，在那困难的环境和凋敝的荒年中，我曾备尝艰辛的滋味。当时允庄忽然得了一种怪病，十几天都是奄奄一息。紫湘每天都是听到鸡鸣就起床，去到坏花阁撩起帐帷询问允庄这一夜是否安好，亲自给她上药，喂她吃饭后，才回去梳洗打扮。她对允庄的服侍、调理和看护，真是到了废寝忘食的地步。她对我的伯母谯国太君说：“允庄夫人贤惠孝顺，是闺中的曾参、闵子骞，假如她有什么不幸，母亲大人肯定会十分伤心，也会让先生深深痛苦。我向慈云大士叩头求告，愿意用自己的身体去代替她。”我当时驻扎在东阳参军的绛云仙馆，曾在书信的后面附上近作的词，词中写道：

年来饱识江湖味，今番怎添凄惋。远树薶烟，残鸦警雪，人在黄昏孤馆。更长梦短，便梦到红楼，也防惊转。雁唳霜空，故乡何事尺书断？

书来倍萦别恨，道闺人小病，罗带新缓。茗火煎愁，兰烟抱影，不是卿卿谁伴？怜卿可惯，况一口红霞，黛蛾慵展。漫忆扬州，断肠人更远。

当时紫湘已得了咯血症，对于自己的病，她闭口不谈，病情日渐沉重。我因为长期没能够对父母尽孝，公事大致料理完成后，就在腊月二十四日的这天晚上，冒着风雪赶回家中，而紫湘此时已经瘦骨伶仃，病恹恹地躺在床上了。

自从上级官员议定不让我留在江南之后，紫湘说：“先生此后四海为家，应当留心找一个称心如意的人在身边侍候。”我问她为什么这样说，她说：“您为了侍奉双亲而屈居人下，得到可以留在江南的公文后您本来很高兴，自以为可以不远离父母身边。但现如今既然事情中途受阻，您可能被改派到遥远的省份去做官，母亲大人既害怕长途跋涉，不能跟随在您身边受到侍奉，夫人又因体弱多病不能随行，我怎么能忍心为了服侍先生一人跟过去？再说严冬酷暑，留下我为母亲按摩搔痒，晨昏侍奉，也算替您尽孝，可以免除您的忧虑。至于先生自己的起居冷暖，必须要有一个明白事理的人悉心照顾才行，虽然远在千山万水之外，我的心也能宽慰不少了。”这话是紫湘从去年十月以来，多次对我说过的话。谁知道佳人劝我的续命之言，竟成了她香消玉殒的谶语呢！

蓉湖有一位姓施的先生，隐居在市井之中，他可以用掷六木的方法来占卜人的祸福，听说异常灵验。于是我就到他那里去卜算流年的吉凶，施先生说：“你其他的事情都很顺利，但是免不了会有破镜之痛（丧妻之灾）。”我问他有没有什么办法可以化解，他说：“可以用小星替月（以妾室代替妻室）的办法。”我又向他请教其他办法，他说：“多来几个小星（多娶几个妾室），或许可以免去灾祸蔓延。”当时平阳中瀚大人从淮南来，为紫湘推算，也和施先生说的一样。我又请附近的巫师陇西氏为她占卜，他说：“紫湘的前身是花国的司花仙史，艳羡于人间的金玉良缘，于是被佛法转向人间。这下子，爱缘将尽，她就会乘风归去了。”允庄听说后，极力向母亲请求，为我四处物色妾室，想按照施先生的说法来消灾免祸。我说：“如果我对新娶来的妾室产生了感情，再让她李代桃僵，为别人而死，扪心自问，已经觉得不近人情。况且，假如紫湘先于续娶者而死，那我这一生便留下薄幸的名声，再也不能洗雪孤独终身的悔恨，更加不是我所想看到的局面，这又岂是夫人你能够心安理得的呢？”允庄说：“但是不这样做又如何是好呢？”我说：“紫湘一向怀念她的亲生父母，经常见她看着天边的云叹息。不妨还君明珠，让她回娘家去延长寿命——这实在是这些日子以来我无聊之中想到的没有办法的办法，但紫湘久病卧床期间，多次劳烦她的母亲前来探望，每次谈到此事，她都泪流不止，感到不安，何不用让她回娘家休养的办法，作为替她治病的药方呢？”允庄点头表示同意。于是我们征得母亲的允诺后，收拾行装，准备送她回家。

四月二十五日，母亲大人流着眼泪吩咐我：“用让紫湘归省的方法，作为替她治病的药方，如果真的能如愿以偿，实在是最好不过。只是一路上江风暑雨，实在让我操心。你可向神灵祈祷，来决定这件事到底是继续做下去还是停止。”我于是在武帝庙前祈祷占卦。得到一签，签诗中写道：

贵人相遇水云乡，冷淡交情滋味长。
黄阁开时延故客，骅骝应得骋康庄。

母亲看到诗中有“骅骝”“康庄”的字样，以为道路平安，就同意让紫湘归省。谁知在她家的三槐堂中，西偏厢的楹联上，正有大书深刻着的“康庄骥足蹑青云”几个字。而紫湘死后，灵柩正是停在此处。我回到自己家后，坐在床上，追思这件事，感到如梦如幻，难道当时神灵已经知道紫湘的结局而不能拯救她了？这是冥冥之中人的定数，难道是万千办法也难以挽回的吗？

紫湘回家后，允庄曾给她寄过一首诗，诗中写道：

梅雨丝丝暗画楼，玉人扶病上扁舟。
钏松皓腕香桃瘦，带缓纤腰弱柳柔。
五月江声流短梦，六朝山色送新愁。
勤调药裹删离恨，好寄平安水阁头。

紫湘依照她的韵律和了一首，并呈母亲大人，诗中写道：

风雨经春怯倚楼，空江如梦送归舟。
绵绵远道花笺寄，黯黯临歧絮语柔。
闺福难消悲薄命，慈恩未报动深愁。
望云更识郎心苦，月子弯弯系两头。

允庄还给我写了一首诗，诗中写道：

问君双桨载桃根，残月空江第几村。

淡墨似烟书有泪，远天如水梦无痕。
晚风横笛青溪阁，新柳藏鸦白下门。
更忆婵嫣支病骨，背灯拥髻话黄昏。

我也依照她的韵律和了一首，诗中写道：

情根种处即愁根，纱浣青溪别有村。
伴影带余前剩眼，捧心镜浥旧啼痕。
江城杨柳宵闻笛，水阁枇杷昼掩门。
回首重闱心百结，合欢卿独奉晨昏。

后来，曹小琴读了这些诗，感叹地说："这二百二十四个字，是先生一家三人的血泪凝结而成的。现在我才知道《别赋》《恨赋》都还算不上是伤心透骨的作品。"

我在父母生病的时候，总是到华佗先生的祠庙里祈祷求药，都很灵验，因为父母的病痛我可以用自己的身体去代替，这是我的愚衷凝结出来的诚心，华佗先生是赞同我的。紫湘的病，有人说是因为感染了风寒没彻底痊愈，又积劳成疾，过早地使用了药性猛烈的补药，病情被平庸的医生所耽误了。但是向华佗先生求药方的事，我又迟迟徘徊不敢去。六月十三日夜里，紫湘忽然用力握着我的手，说："先生一向爱恋慈母和夫人，如果不是害怕这支签上的签文，您是从来不会在外面耽误这么久的时间的。如今您陪着到我家来已整整一个月了，阁部提拔官员的奏章，昨天已得到皇帝的恩准，过不了几天您就要到北方去，现在急等着回家去。我的病情已经很沉重了，难以指望它会有好转，憔悴支离，呻吟痛楚，这只能徒然地使您伤心。我只盼着哪一天您能收到一封信，告诉您我已经不在人世的消息，那样您就好收拾我的尸骨回家去了。”我当时刚刚收到父母平安的消息，因此安慰她说：“你贤惠孝顺，父母非常疼惜你，他们来信叫我劝你好好调理治病，以便等你病愈之后一起回家。明天我就为你到桃源华佗先生祠庙里去祈祷，希望能得到好的结果，以纾解母亲的牵挂之情。”紫湘流泪说道：“劳累先生这样风尘仆仆地去做拜佛求仙的事，我真是不知道该怎么报答才好。”第二天我去祈祷，没有得到赐药。第三天我又把紫湘的生平事迹写成疏文向上苍禀告，愿意减去自己的寿命，好延长她的余生，来侍奉我的双亲，我说这不是华佗先生曾经许诺于我的吗？这才得到所赐的五色豆等几味药，从此以后我每天清晨都去求告。到了十八日晚上，我接到父亲的急信，知道母亲感染风寒卧病在床，紫湘急忙叫郑嬷嬷和李嬷嬷两个仆妇尽力扶着她坐起来，她倚着靠枕，喘息了半天，才说道：“我的病好多了，已经可以坐起来了，先生应当速速回去省亲，不要以我为念。”说话的时候，睫毛上凝着清泪，之后便一言不发，反过脸来贴着床铺，好像害怕重重地伤了我的心一样。我当时心里已经很乱，就流着泪连连点头答应。第二天清早，晨光朦胧，我骑着马出了朝阳门。想不到啊，这一天竟成了我和紫湘永诀的日子！

我在二十二日这一天抵达苏州。母亲的病，幸亏得到了叔父的治疗，已经好了一些。只是脑子昏昏沉沉，眼睛眩晕发花。我急忙到西米巷华佗先生祠庙里去祈祷，得到所赐的黄菊花十朵，母亲吃后就不再为病痛折磨。母亲询问紫湘的病情，知道她还处于生死存亡之际，就叫我立即回去。我因为母亲的病刚好，请求在家停留几天。到二十六日夜晚，紫湘的养女桂生在睡梦中受了惊，悲啼道："我娘回来了！"我问她发生了什么事，她说："娘上香畹楼去了。"母亲怀疑这是紫湘离魂的征兆，流泪不止。我多次劝慰，母亲却说："紫湘不喜欢华丽的丝绸，有一种超凡脱俗的风度，喜欢雪白的湖州丝绵。这一年来她服侍我学做寒衣，所缝纫的衣物很熨帖，她做衣裳做到了夜里也不疲倦，我看到她这样总是很怜惜她。"因此她吩咐叔母谯国太君、庶母静初夫人、萼姐、苕妹等人为紫湘赶制湖州丝绵衣裳和鞋子。母亲看着我说："民间有冲喜的说法，你可以把衣服带去。如果能像俗话说的那样，让紫湘留下来侍候我，那就是天大的福气。"到七月一日，我收到紫湘二十八日寄来的信，说非常惦念我母亲的病情，并且挨个询问了一家老小的身体情况。全家人把这封信来回传阅，都因紫湘平安无事而高兴。初三衣服刚刚做好，母亲就催我赶快上路。伏天的雨水和夜晚的长风，让路途显得漫长，行程迢迢，十分迟缓。初六我冒着酷热的太阳上了岸，黄昏才进了家门。只见仆人慌张忙乱，嫂嫂和侄儿们面带悲戚之色。床单已换成了锦茵，罗帱代替了素帐。我魂飞魄散而又趔趔趄趄不敢向前，心中震骇，肝肠寸断。我抚摸她留下的玉琴，瞻仰着她挂在墙壁上的遗像。只怨世上无处寻觅使人长寿的琼蕊，只恨天边的朝霞消散后就再难挽回。心情悲痛如凄风苦雨，脑子里浮想联翩像梦境一样恍恍惚惚。紫湘的父母流着眼泪告诉我说："女儿在初四晚上八点左右，来不及等公子回来就急匆匆离去了。"哎呀！迟到了两天，竟无缘再见一面，我抚着棺木恸哭了很久很久，也无法减轻心中巨大的悲痛！

紫湘去世后，她的父母专门派人到苏州去报丧，我在途中与报信人错过了。到了十二日，报信人从苏州回来，带来了我父亲给我的信，信中说："七夕这天得知紫湘家中的消息，知道紫湘突然去世，你母亲和家里的人，没有一个不悲伤哀悼的。况且计算你到她家的日子，已经与她的去世之期相距两日，未必来得及看她入殓，这尤其是令人伤心的事。你带去的衣服鞋子，想必也来不及给她穿上入棺了。你母亲说这是紫湘心爱的东西，可以焚化给她的在天之灵。你将一切料理安排妥当后，就带着她的棺木回苏州来。暂时停在虎山后院，和你祖辈的灵柩放在一起。今年冬天，家里要恭建列祖列宗的墓地，应当会将紫湘也一并葬在那里。她这四年中贤惠孝顺，尽职尽责，家里没有人有二话。去年冬天她服侍你生病的妻子，尤其不辞劳苦。至于她淡泊宁静的性格，一向为你的祖辈所赞赏。如今她能够第一批跟着先人下葬，对她来说也应该没有遗憾了。你的母亲正在为她写小传，静初、允庄等人也都各写了哀词。你要爱惜身心，用手中的笔墨来报答紫湘，使她和茜桃、朝云等人并列，流传千古，这也是死者的心愿。"啊呀！我父母的慈爱之心，无微不至，我打开信封，捧信诵读，感激涕零。我把信拿给紫湘全家读后，所有人都悲伤而感激。我于是把信恭录下来，和衣服鞋子放在一起，于紫湘灵前焚化。哎呀，紫湘啊，你的魂魄如果有知，就可以瞑目安眠了。

紫湘生前长发垂地，光泽亮丽，如镜子般可以照人，她的指甲都有寸把长，是她最为爱惜的。每次做事，她总是用金属指套保护着指甲。在她弥留之际，郑嬷嬷为她剪去遗发，紫湘叫她不要轻易丢弃，更请闰湘把她的指甲尽数剪掉，一起藏在翠桃香盒中。闰湘说："是要留下给公子吗？"紫湘含着眼泪一再点头。问她有什么遗言，她说："太夫人非常疼爱我，她的病既然好了，必定会叫公子再来，可惜我的尘缘已尽，哪怕再稍稍等他一会儿都不能了，真是遗恨万分。"

我母亲一向怕打雷，我与允庄、紫湘每到夏夜刮风下雨时，总是急忙起床穿好衣服鞋子，先后到母亲房中，围着她服侍，直到次日早晨。今年七月三日，紫湘卧病躺在碧梧庭院，隐隐听到雷声，就对李嬷嬷等说："可惜我离家很远，不能和他们一起服侍太夫人了。"她说完这话还不到一天，就突然去世了。病到奄奄一息的时候，还如此留恋惦记着我的母亲，真是令人悲痛至极啊！

允庄听到了紫湘的噩耗，寄信给我说："紫湘的养女桂生，已经奉母亲大人之命，为紫湘守孝三年。紫湘平日爱护抚养儿子孝先，对他就像亲生母亲一样，孝先也为她守孝。如果有前来吊唁的人，应该先呈上素柬，我也已请示了父母，上面可写'嫡子孝先稽颡'，等等字样。"并寄来挽联，写道：

四年来孝恭无忝，偏教玉碎香销，愚夫妇触境心酸，遗憾千秋，岂独佳人难再得

两月中消息虽通，只恨山遥水远，慈舅姑倚闾望切，芳魂一缕，愿偕公子早同归

我的朋友感叹这副挽联的感情和文字相互辉映，面面俱到。芳波大令说：“素柬以亲生儿子署名，我家庶祖母死时，我的祖父太守公曾经这么做过。如今公子家里的嘱咐出自您母亲和夫人的意思，对紫湘来说，可以无憾了。”

金沙的延陵女史，工于诗词，擅长绘画，有一支超群的妙笔。她用卖文卖画所得的润笔费，来赡养年迈的母亲和幼小的弟弟。她尤其精通剑术，但为人深藏不露，不多言语。人们把她看成是黄皆令、杨云友那一类的才女，却不知她其实是红线、聂隐娘那样的侠女。她在病中听说紫湘的噩耗，寄信给我，我拆开信封，展开信笺，见上面写着“萼绿华来无定所，杜兰香去未移时”这一联诗。跋中写道：“紫湘妹妹，蕙质兰心，纨素之质，旷世超群。我过去常在广陵城您的官舍中看到她，十分喜欢她，不忍离去。我曾经仿照马月娇的遗作，画了十二帧兰花作为美人小像。如今听说她像彩云一样地飘散了，不由自主就清泪沾襟。就紫湘妹妹的孝顺恭敬而言，完全如允庄大妹撰写的挽联中所说的那样。她能得到婆婆、大妇的夸奖，其他人就不必再说什么了。现在我写下了李商隐的诗句，应当能使你知道——聪慧的紫湘已重生于

天界，想来也能消除小云弟你如梨花云一般的忧思哀伤了。这是继《香祖楼》之后又添上的一段话本故事啊。”她又写一行：“我因为病中手腕无力，不能提笔写字，你可请一个善于书法的人将我这段跋文写出来。”我于是请汝南探花用娟秀工整的簪花体把跋文写在吴江绫绸上，贴在我座位的右侧。这幅字与昭云夫人以篆体书写的那幅用以作挽词的林鬘卿《葬花诗》，可以称为双绝。

文坛才俊纷纷写下悼词，悼亡之情极为动人。其中写得好的，我犹然记得有扶风观察的一副，写道：

别梦竟千秋，金屋昙花逢小劫

招魂刚七夕，玉箫明月认前身

巢湖太守的那副挽联则写道：

司马湿青衫，盖世奇才，那识恩情还独至

姮娥归碧落，毕生宠遇，从知福慧已双修

高平都转写道：

玉帐佩麟符，曾见潞州传记室

兰台抛凤管，空教司马忆清娱

清河观察写道：

倚玉搴芳，记伊人琼树雁行，花叶江东推独秀

叱鸾靡凤，送吾弟金闺鹗荐，风沙冀北叹孤征

渤海令君写道：

迎来鸾扇女，美前程月满花芳，奈银屏月缺花残，憔悴煞镜里情郎，画中爱宠

归去鹊桥仙，生别离山迢水递，赖锦字山温水软，圆成了人间艳福，天上奇缘

渤海令君、清河观察两人，和我有着连襟兄弟的情谊，追忆往昔，哀叹如今，因此写得尤为情真意切。只见申白甫丈人的挽联，写道：

公子固多情，也为伊四载贤劳，不辞拜佛求仙，欲把精虔回造化

佳人真有福，堪羡尔一堂宠爱，都作香怜玉惜，足将荣遇补年华

大家都说："在这一方离恨长天下，说出这样真实全面的话。白甫丈人的文笔，真好像有炼石补天的妙处！"又有鹅湖居士将我

在丙子年写给铁云山人的无题旧作中的“昙花妙谛参居士，香草离骚吊美人”的句子写成挽联，既显得知心，又增添了诗句的谶语意味，令人仿佛见到了紫湘的钗光碧影，听到了她的钏环作响，撩拨得人潸然泪下。

紫湘病危的那一夜，曾经对她的二嫂缪玉真说：“我倚仗佛法的力量归去，应当没有什么痛苦。公子如果哀悼我，你一定要请他以母亲大人为念，要找一个合适的人扶持照护她老人家。公子待我情深义重，肯定不会忘记我，但倾慕追求他的人也不少。”玉真含着眼泪告诉我这些话，我听了悲痛欲绝，仿佛是紫湘在冥冥之中借助鸿雁和鲤鱼与我传递消息，只是真有像紫湘所说的那种人吗？紫湘来去匆匆，解脱了尘世中的爱缘，逍遥于极乐世界去了，希望她不要以我为念。我所悲哀的是我的母亲无人侍奉，所欣慰的是我的儿子已经渐渐长成，受到祖先功绩的荫庇，使得我们这个家族后继有人。而我对男女之情的欲念消弭如烟，心中那株嫩芽不再生长，心如死水，不起波澜，但愿生生世世再也不做有情的人。

我自从紫湘死后，仍住在她家的碧梧庭院。我流着眼泪把她遗留下的翠桃香盒放在枕边。躺在空空荡荡的床上，我希望能以精诚招致紫湘的魂魄归来。然而我睁大双眼，彻夜不眠，也不见她归来，想来即使有仙人鸿都客李少君的方术，也难以再看到紫湘的倩影。还记得七月四日我在经过兰陵的夜船上，梦见紫湘和我说说笑笑，像平日一样。我醒后写了一首词，词中写道：

喜见桃花面，似年时、招凉待月，竹西池馆。豆蔻香生新浴后，茉莉钗梁暗颤，恰小试玉罗衫软。照水芙蓉迷艳影，问鸳鸯甚日双飞惯？低首弄，白团扇。

星河欲曙天鸡唤。乍惊心、兰舟听雨，翠衾孤展。重剪银灯温昔梦，梦比蓬山更远。怎醒后莲筹偏缓？谩讶青衫容易湿，料红绡早印啼痕满。荒驿外，五更转。

当时母亲吩咐琅琊生和我同行，他读了这首词叹息着说：“这样的文笔，无论懂不懂词的人，都知道是非常好的，只是觉得太过于凄凉哀婉了。”我也怅然若失。谁知道我在兰陵船上入梦之时，正是紫湘在秣陵离开人世的时候呢？我帐中摇晃的环佩，是不是她呢？她来时也算有个起因，这下她走了又是为什么呢？我的肝肠欲断，两眼望穿，心酸苦楚，泪已流枯。紫湘倘若泉下有知，也会为我伤心呜咽吧。

紫湘一直以来养着的那一只小猫叫作瑶台儿，如白玉一般雪白可爱。我第一次到碧梧庭院来拜访她时，瑶台儿一直依偎在我身旁不肯离去。紫湘喝酒喝到半醉时，曾偶然开些玩笑，闰湘把她的话记了下来，紫湘当时说：“连懂事的小猫儿都爱你，睡觉要睡在郎君的怀里。”这次紫湘回来省亲，闰湘还曾引用前面说的话与她打趣，谁想到她这么快就走了。紫湘死后，瑶台儿绕着棺椁，悲鸣不去，夜里就卧在锦茵上。唉，连小动物都如此留恋她，更何况我呢！

紫湘冰雪聪明，没有什么道理是她领悟不了的，但她大多情况下都隐藏锋芒，不多言语。我的祖父奉政公一向精通音律，在水草茂密、兰花盛开的夏夜，叔父总是约幕僚门客到玉树堂里，坐在花下对月饮酒，依据乐谱演奏乐曲。祖父会在北窗下踮着脚，观看他们的演出，十分快乐。芙蓉小苑中，花影涌动如潮，一道白墙外，隐隐传出一缕笛声。紫湘远远地听着，能指出哪一阕在演奏上有哪些失误的部分，按照律度去检验，果真丝毫也不错。邗江的乐部，一直隶属于尚衣，每年要花费上亿万的银两，好为宫廷乐队选拔人才，苏州艺人中负有盛名的都集中在此处。元月十四日试灯日的夜风之中，选客们聚在一起饮酒，辉煌的灯火映着天上的银河鹊桥，鱼龙戏水的节目被演绎得变幻莫测，美妙的乐曲声烘托着热闹的聚会，花草的芳香在厅堂间飘散不去。我在深夜回家后，问紫湘今日的演出好不好，紫湘就微笑不言。原来我的母亲一向讨厌喧闹，晚上在家围着炉子独自饮酒，紫湘担心她一个人太寂寞，就一直在旁服侍，母亲大人叫她出去看热闹，她却徘徊不去，于是彻夜的笙歌美景，她根本没有去看去听。从此以后我听到音乐就很伤心，那种哀痛胜过向秀听到山阳邻人的笛声。

紫湘如出水芙蓉，不喜爱雕琢和装饰，她像正当春天的柳树一样，自然有一股风流。我的母亲常感叹道："你正是韶华年纪，妙龄时期，却总是穿素服，化淡妆，虽说确实清秀雅致，但终究是不合时宜的。"壬午年的初夏，芍药花开了，我们要陪着祖母到红桥去赏花，葶姐、苕妹等都争相打开自己的妆奁，帮助紫湘梳妆打扮。一番装饰后，紫湘就像明月一样流动着照人的光彩，像朝霞一样绚丽多彩，她穿着用宝珠缀串的襦衫，亭亭玉立，美若天仙。陇西郡侯的眷属，当时也乘着饰以金色图案的马车来赏花，正巧和我们在筱园的花丛中相遇了。她们争相惊讶地说：“我们这是在西王母的蟠桃会上呢？还是在南海天池游玩啊？那个穿着奇丽服装无人能比、骨相如画中人般标致姣好的女子，应当是采珠神女，是踏着香草散发的芬芳而来的吧？”算算紫湘嫁给我的四年中，看到她化上时新妆容、穿着绚丽服装，这还是唯一的一次。她的罗衫绣袜，剩粉余香，还有留下的金钗翠翘，只要我看到了就会忍不住泣泪如雨。

紫湘喜欢月色，尤其最爱雨景。她曾说：“董小宛说月夜气息安静，却不知雨水的声音更静。这时候如果笼着袖子熏上沉香，打起门帘安逸地坐在屋檐下的落花处，会使人忘怀所有杂念。”我因此写了一首《香畹楼坐雨诗》，诗中写道：

剪烛听春雨，开帘照海棠。
玉壶销浅酌，翠被幕余香。
恻恻新寒重，沉沉夜漏长。
宛疑临水阁，无那近斜廊。

我一生的清福和艳福，在那时消受得最多。今年春天我在《香畹楼坐月词》中则说：

蟾漪浣玉，人影天涯独。镜槛妆成调钿粟，应减旧时蛾绿。

归来梦断关山，卷帘暝怯春寒。谁信黛鬟双照，一般孤负阑干。

我又有一首《香畹楼听雨词》，词中写道：

梦回鸳瓦疏疏响，灯影明虚幌。争奈此夜客天涯，细数番风况近玉梅花。

比肩笑向巡檐索，怕见檐花落。伤春人又病恹恹，拚与一春风雨不开帘。

这是萧瑟黯然的情绪，也是我真情的自然流露。云散高唐，隔山隔水。从此之后，无论是微雨的清晨还是月明的长夜，都是我一个人倚枕凭栏，听到的无非就是断肠之声，看到的也都是令人伤心的景色了啊。

我是个无用之才，却受到阁部河帅、节使都转和琅琊、延陵两位观察的赏识提拔，治理河道，踏上征途，不敢叫苦叫累。然而每次出门，我都很惘然，有一种恋恋不舍的心情。途中经过紫湘的娘家，越发牵动了离愁别绪，凄凉的心情郁结起来，转为悲音。还记得壬午年初秋，我住在碧梧庭院，寄给紫湘一首《芜城词》，词中写道：

新涨石城东，雪聚花浓。回潮瓜步动寒钟。应向秋江弹别泪，长遍芙蓉。

金翠好房栊，燕去梁空。窗开偏又近梧桐。叶叶声声听不得，错怪西风。

又在纫秋水榭对月写词一首，词中写道：

深闺未识家山路，凄凄夜残风晓。雾湿湘鬟，寒禁翠袖，曾照银屏双笑。红楼树杪，怕隐隐迢迢，梦云难到。万一归来，屋梁霜霁画帘悄。

凭阑愁见雁字，问书空寄恨，能寄多少？水驿灯昏，江城笛脆，丝鬓催人先老。团栾最好。况冷到波心，竹西秋早。待写修蛾，二分休瘦了。

后来香影阁主人读了这首词，怅然若失了好一阵子，才说：“这样的时候，这样的地点，天心月圆，花朵芬芳，而你只是偶然离开紫湘，就如此心情凄凉，好像是在唱《阳关三叠》和《河满子》一样，悲凉凄恻，声声入人魂魄。虽说是用心良苦，但为什么要写得如此悲凉呢？”我起初写词是不自觉的，听了这话后才感到深深的悔恨。近年来穷如浮萍般漂来荡去，而往昔转眼就成了梦幻空花，泡影般的旧事如浮尘一般，令人一颗愁心欲碎。李商隐的诗中说：“此情可待成追忆，只是当时已惘然。”紫湘那秋霜一般洁白的纨衣空映着明月，她用过的锦瑟落满了香尘，断裂的墨块上残烟丛生，只是给人增加了碎琴焚砚的遗恨。

我去年秋天留在江南，紫湘听了喜形于色，说：“我一直想见见父母，并为生母扫墓。先生如今到省里去做官，母亲大人吩咐我随行服侍，我可得偿夙愿，就算死了也没有遗憾了。”她这番不吉利的话让我惊讶，我就用其他的话岔开了。刚好这时我的祖父奉政公生了病，我在他身边服侍，不忍心立刻离去。幕僚们都说：“您既然受了节度使和河帅深厚的恩典，理应去拜谒致谢才对。”紫湘说：“两个长官乃是当代大贤，把先生当作天下奇才，这才向朝廷推荐进用，这是他们出于储积人才报效国家的心愿，而不是要您去拜谒他们，到他们那里向他们拜恩。况且先生是因为要侍奉抱病的祖父，迟迟不能成行，又有什么好抱歉的呢？”这时我祖父因为念及江淮一带的百姓苦于水涝灾害，认为我应当为国效力，就催我快些出发，沿着江流西上。阁部审查知道了我祖父病重在床的情况，仍允许我告假回来。紫湘说：“我听说圣人以孝道治天下，阁部发出的这番善心，确实不是其他人所能比的。”这之后的半个月中，紫湘和我随同诸位长辈一起侍奉祖父，端汤喂药。再往后紫湘就独吃淡斋，不吃味咸的菜，整日烧香拜佛。但我的祖父终于一病不起。然而在这半个月中，我得以随身服侍，进汤喂药，稍稍尽了一番孝道，这也都是阁部所赐的恩典。八月下旬，我突然被上级决议不得留在江南。九月中旬，我们举家迁回苏州，而紫湘也知道自己归省扫墓的心愿也不能实现了。她既悲痛于祖父的去世，又十分怀念生母，人前强颜欢笑，夜里却常常暗自哭泣。十月中旬，我又奉命渡江到淮河去，紫湘独自一人服侍病中的允庄。半年以来，她几乎都是过着吃冰块、嚼酒曲般辛苦的日子。哎呀，如此伤心刺骨的事，连平庸笨拙的人都难以忍受，何况她是纤弱敏感的女子，又怎能忍受这样的煎熬呢？

七月二十日，我与客人一起坐在纫秋水榭中，恭读母亲的来信，信中说："紫湘的去世，使人悲痛欲绝。伤心孤独之下，你的心情更是我可想而知的。以你平素仁义孝顺的性情，在悲痛之际，想来还能以祖母和我们两个老人为念。我这里寄给你紫湘的传记一篇，是我根据事实来坦率书写的，不要太计较文辞的优劣，我也只是聊以抒发我的痛苦而已。其中没有夸大粉饰的语言，紫湘对其中的内容是当之无愧的。"我又恭敬地打开附在信中的另一册来看，洋洋洒洒近两千字，我看着看着，泪眼迷离，不忍卒读。当时玉山主人、鹅湖居士也在座，他们感叹地说："紫湘贤惠孝顺使家庭和睦，不了解情况的人或者还会疑心公子这样悲痛是对这份感情太过了。如今读了太夫人写的传记，才知道公子这样对待紫湘，实属天经地义，确实是由于紫湘有美好的品德值得你们这样对待她。"蕙绸居士说："紫湘的贤惠孝顺与太夫人的慈爱，凝结成为至情至性，继而转化为最好的文章，这是宇宙之间可以数得过来的好文章之一。有了这篇文章，紫湘也就可以流芳百世了。本朝以来，姬妾侍女之中只有她一个人受到如此殊荣。"紫湘啊紫湘，我写的忆语，千言万语，也不如母亲大人这篇足以令你永垂不朽的传记。芳香浓郁、热烈盛开的鲜花，生于灰土之中；繁华热闹的集会中，那美妙的音乐出自断裂的琴弦。彤管追忆了静女的美丽，黄绢铭记了少妇的绝妙。紫湘呀紫湘，你的灵魂应该得到安慰了，从今往后，我可以不再为你写什么了啊！

《香畹楼忆语》原文

作者简介：

陈裴之（1794—1826），字孟楷，号小云，别号朗玉山人，清代诗人，钱塘（今杭州）人。

其父陈文述是当时著名诗人，他和袁枚一样积极倡导女学，收了三十多名女弟子。嘉庆十五年（1810）陈裴之娶汪端为妻。汪端便是陈文述的女弟子之一。陈裴之与妻汪端情投意合，两人唱和无间。

丁丑冬朔，家大人自崇疆受代归，筹海积劳，抱恙甚剧。太大人扶病侍疾，自冬徂春，衣不解带。参术无灵，群医束手。余时新病甫起，乃泣祷于白莲桥华元化先生祠，愿减己算，以益亲年。闺人允庄复于慈云大士前誓愿长斋绣佛，并偕余日持《观音经》若干卷，奉行众善。乃荷元化先生赐方四十九剂，服之，病始次第愈，自此，夫妇异处者四年。允庄方选明诗，复得不寐之疾。左灯右茗，夜手一编。每至晨鸡喔喔，犹未就枕。自虑心耗体孱，不克仰事俯育，常致书其姨母高阳太君、嫂氏中山夫人，为余访置篷室。余坚却之。嗣知吴中湘雨、伫云、兰语楼诸姬，皆有愿为夫子妾之意，历请堂上为余纳之。余固以为不可，盖大人乞禄养亲，怀冰服政，十年之久，未得真除，相依为命者千余指，待以举火者数十家。重亲在堂，年逾七秩，恒有世途荆棘，宦海波澜之感。余四踢槐花，辄成康了，方思投笔，以替仔肩。满堂兮美人，独与余兮目成。射工伺余，固不欲冒此不韪，且绿珠碧玉，徒侈艳情，温清定省，孰能奉吾老母者？采兰树萱，此事固未容草草也。

金陵有停云主人者，红妆之季布也。珍其弱息，不异掌珠；谬采虚声，愿言倚玉。申丈白甫暨晴梁太史，为宣芳愫。余复赋诗谢之曰：

肯向天涯托掌珠，含光佳侠意何如？
桃花扇底人如玉，珍重侯生一纸书。
新柳雏莺最可怜，怕成薄幸杜樊川。
重来纵践看花约，抛掷春光已十年。

生平知己属明妆，争讶吴儿木石肠。
孤负画兰年十五，又传消息到王昌。

催我空江打桨迎，误人从古是浮名。
当筵一唱琴河曲，不解梅村负玉京。

白门杨柳暗栖鸦，别梦何尝到谢家？
惆怅郁金堂外路，西风吹冷白莲花。

此诗流传，为紫姬见之，激扬赞叹。絮果兰因，于兹始茁矣。

孟陬下浣，将游淮左，道出秣陵，初见紫姬于纫秋水榭。时停云娇女幼香将有所适，仲澜骑尉招与偕来。余与紫姬相见之次，画烛流辉，玉梅交映，四目融视，不发一言。仲澜回顾幼香，笑述《董青莲传》中语曰："主宾双玉有光，所谓月流堂户者，非耶？"余量不胜蕉，姬偕坐碧梧庭院，饮以佳茗，絮絮述余家事甚悉。余讶诘之，低鬟微笑曰："识之久矣！前读君寄幼香之作，缠绵悱恻，如不胜情，今将远嫁，此君误之也。宜赋诗以志君过。”时幼香甫歌《牡丹亭·寻梦》一出，姬独含毫蘸墨，拂楮授余。余亦怦然心动，振管疾书曰：

休问冰华旧镜台，碧云日暮一徘徊。
锦书白下传芳讯，翠袖朱家解爱才。
春水已催人早别，桃花空怨我迟来。
闲翻张泌《妆楼记》，孤负莺期第几回？

却月横云画未成，低鬟拢鬓见分明。
枇杷门巷飘灯箔，杨柳帘栊送笛声。
照水花繁禁著眼，临风絮弱怕关情。
如何墨会灵箫侣，却遣匆匆唱渭城。

如花美眷水流年，拍到红牙共黯然。
不奈闲情酬浅盏，重烦纤手语香弦。
堕怀明月三生梦，入画春风半面缘。
消受珠栊还小坐，秋潮漫寄鲤鱼笺。

一剪孤芳艳楚云，初从香国拜湘君。
侍儿解捧红丝研，年少休歌白练裙。
桃叶微波王大令，杏花疏雨杜司勋。
关心明镜团圆约，不信扬州月二分。

姬读至末章，慨然曰："夙闻君家重亲之慈，夫人之贤，君辄有否无可，人或疑为薄幸，此皆非能知君者。堂上闺中终年抱恙，窥君郑重之意，欲得人以奉慈闱耳。"因即饯余诗曰：

烟柳空江拂画桡，石城潮接广陵潮。
几生修到人如玉，同听箫声廿四桥。

月落乌啼，霜浓马滑，摇鞭径去，黯然魂销。湖阴独游，新绿如梦，啜茗看花，殊有春风人面之感。忽从申丈处得姬芳讯，倚栏循诵，纪之以诗曰：

二月春情水不如，玉人消息托双鱼。
眼中翠嶂三生石，袖底金陵一纸书。
寄向江船回棹后，写从妆阁上灯初。
樱桃花淡宵寒浅，莫遣银屏鬟影疏。

嗣是重亲惜韩香之遇，闺人契胜璃之才。搴芳结纕，促践佳约。余曰："一面之缘，三生之诺。必秉慈命而行，庶免唐突西子。"允庄曰："昨闻诸堂上云，紫姬深明大义，非寻常金粉可比。申年丈不获与偕，蹇修之事，六一令君可任也。"季秋八夕，乃挂霜帆。重阳渡江，风日清美。白下诸山，皆整黛鬟迎楫矣。

六一令君将赴之江新任。闻姬父母言姬雅意属余，倩传冰语，因先访余于丁帘水榭，诧曰："从来名士悦倾城，今倾城亦悦名士。联珠合璧，洵非偶然。余滞燕台久矣，今自三千里外捧檄而归，端为成此一段佳话尔。”余袖出申丈书示之，令君掀髯曰：“父母之命，媒妁之言，足为蘼芜、媚香一辈人扬眉生色矣。”既以姬素性端重，不欲余打桨亲迎，令君乃属其夫人，与姬母伴姬乘虹月舟连樯西下。小泊瓜洲，重亲更遣以香车画鹢迎归焉。

姬同怀十人，长归铁岭方伯，次归天水司马，次归汝南太守，次归清河观察，次归陇西参军，次归乐安氏，次归清河氏，次未字而卒，次归鸳湖大尹，姬则含苞最小枝也。蕙绸居士序余《梦玉词》曰：“闻紫姬初归君时，秦淮诸女郎皆激扬叹羡，以姬得所归，为之喜极泪下，如董青莲故事。”渤海生《高阳台》词句有曰：“素娥青女遥相妒，妒婵娟最小，福慧双修。”论者皆以为实录。姬亦语余云：“饮饯之期，姻娅咸集。绿窗私语，佥有后来居上之叹。”其姊归清河氏者，为人尤放诞风流。偶与其嫂氏闰湘、玉真论及身后名，辄述李笠翁《秦淮健儿传》中语曰：“此事须让十弟，我九人无能为也。”两行红粉服其诙谐吐属之妙。

吴中女郎明珠，偶有相属之说。安定考功戏语申丈曰：“云生朗如玉山，所谓仙露明珠者，讵能方斯朗润耶？”告以姬事，考功笑曰：“十全上工，庶疗相如之渴耳！”盖亦知姬行十，故以此相戏云。

余朗玉山房瓶兰，先茁同心并蒂花一枝，允庄曰：“此国香之征也。”因为姬营新室，署曰“香畹楼”，字曰“畹君”。余因赋《国香词》曰：

悄指冰瓯，道绘来倩影，浣尽离愁。回身抱成双，笑竟体香收。拥髻《离骚》倦读，劝搴芳人下西洲。琴心逗眉语，叶样娉婷，花样温柔。

比肩商略处，是兰金小篆，翠墨初钩。几番孤负，赢得薄幸红楼。紫凤娇衔楚佩，惹莲鸿、争妒双修。双修漫相妒，织锦移春，倚玉纫秋。

一时词场耆隽，如平阳太守、延陵学士、珠湖主人、桐月居士，皆有和作。畹君极赏余词，曰：“君特叔夏，此为兼美。”余素不工词，吹花嚼蕊，嗣作遂多。闺人请以《梦玉》名词，且笑曰：“桃李宗师，合让扫眉才子矣。”

闺中之戏，恒以指上螺纹，验人巧拙。俗有一螺巧之说。余左手食指仅有一螺。紫姬归余匝月，坐绿梅窗下，对镜理妆。闺人姊妹戏验其左手食指，亦仅一螺也。粉痕脂印，传以为奇。重闱闻之，笑曰：“此真可谓巧合矣！”

莲因女士雅慕姬名，背摹“惜花小影”见贻，衣退红衫子，立玉梅花下。珊珊秀影，仿佛似之。时广寒外史有《香畹楼》院本之作，余因兴怀本事，纪之以词曰：

省识春风面，忆飘灯、琼枝照夜，翠禽啼倦。艳雪生香花解语，不负山温水软。况密字、珍珠难换。同听箫声催打桨，寄回文大妇怜才惯。消尽了，紫钗怨。

歌场艳赌桃花扇。买燕支、闲摹妆额，更烦娇腕。抛却鸳衾兜凤舄，髻子颓云乍绾。只冰透、鸾绡谁管？记否吹笙蟾月底，劝添衣悄向回廊转。香影外，那庭院。

姬读之，笑授画册曰：“君视此影颇得神似否？”乃马月娇画兰十二帧，怀风抱月，秀绝尘寰，帧首题“紫君小影”四字，则其嫂氏闰湘手笔。是册固闰湘所藏，以姬归余为庆，临别欣然染翰，纳之女儿箱中者。余欲授之贞珉，姬愀然曰：“香闺韵事，恒虑为俗口描画。”余乃止。

蔻香阁狂香浩态，品为花中芍药。尝语芳波大令曰：“姊妹花中如紫夫人者，空谷之幽芳也。色香品格断推第一。天生一云公子非紫夫人不娶，而紫夫人亦非云公子不属，奇缘仙偶，郑重分明，实为天下银屏间人吐气。我辈飘花零叶，堕于藩溷也宜哉。”芳波每称其言，辄为叹息不置。

捧花生撰《秦淮画舫录》，以倚云阁主人为花首，此外事多失实，人咸讥之。余以公羁秣陵，仲澜招访倚云，一见辄呼余字曰：“此服媚国香者也。”仲澜与余皆愕然。时一大僚震余名，遇事颇为所厄。后归以语姬，姬笑曰：“大僚震君之名而挤君，倚云识君之字而企君，彼录定为花首也固宜。”

余受知于彭城都转，请于阁部节使，檄理真州水利，并以库藏三十七万责余司其出纳。余固辞不可，公愠曰：“我知子猷守兼优，故以相托。有所避就，未免蹈取巧之习矣。”余曰：“不司出纳，诚蹈取巧之习；苟司出纳，必蒙不肖之名。事必于私无染，而后于公有裨。此固由素性之迂拘，亦所以报明公知己之感也。”公察其无他，乃止。时自戟门归，已深夜，闺人方与姬坐香畹楼玩月。闺人诘知归迟之故，喜曰：“君处脂膏而不润，足以报彭城矣。”姬曰：“人浊我清，必撄众忌。严以持己，宽以容物，庶免牛渚之警乎！”余夫妇叹为要言不烦。

余旧撰《秦淮画舫录序》曰：仲澜属为捧花生《秦淮画舫录》弁言，仓卒未有以应也。延秋之夕，蕊君招集兰语楼，焚香读画，垂帘鼓琴，相与低徊者久之。蕊君叩余曰：“媚香往矣。《桃花扇》乐府，世艳称之。如侯生者，君以为佳偶耶？抑怨偶耶？”余曰：“媚香却聘，不负侯生；生之出处，有愧媚香者多矣，然则固非佳偶也。”蕊君颔之。复曰：“蘼芜以妹喜衣冠，为湘真所距。苟矢之曰：‘风尘弱质，见屏清流，愿蹈泖湖以终尔。’湘真感之，或不忍其为虞山所浼乎？”余曰：“此蘼芜之不幸，亦湘真之不幸也。横波侍宴，心识石翁，后亦卒为定山所误。坐让葛嫩武功，独标大节，弥可悲已。卿不见九畹之兰乎？湘人佩之而益芳，群蚁趋之而即败，所遇殊也。如卿净洗铅华，独耽词翰，尘弃轩冕，屣视金银，驵侩下材，齿冷久矣。然而文人无行，亦可寒心。即如虞山、定山、壮悔当日，主持风雅，名重党魁，已非涉猎词章，聊浪花月，号为名士者可比。卒至晚节颓唐，负惭红袖，何如杜书记青楼薄幸，尚不致误彼婵媛也。仆也古怀郁结，畴与为欢。未及中年，已伤哀乐，悉卿怀抱，旷世秀群。窃虑知己晨星，前盟散雪，母骄钱树，郎冒璧人。弦绝阳春之音，金迷长夜之饮。而木石吴儿，且将以不入耳之言，来相劝勉曰：‘使卿有身后名，不如生前一杯酒。’嗟乎！薰莸合器，臭味差池，鹈鲽同群，蹉跎不狎。语以古今，能无河汉哉？”蕊君沾巾拥髻，殆不胜情，余亦移就灯花，黯然罢酒。维时仲澜索序甚殷，蕊君然脂拂楮，请并记今夕之语。夫白门柳枝，青溪桃叶，辰楼顾曲，丁帘醉花，江南佳丽，由来尚已。迨至故宫禾黍，旧苑沧桑，名士白头，美人黄土，此余淡心《板桥杂记》所由作也。今捧花生际承平之盛，联裙屐之游，跌宕湖山，甄综花叶，华灯替月，抽觞擫笛之天；画舫凌波，拾翠眠香之地。南朝金粉，北里烟花，品艳柔乡，摅怀璠翰。淡心《杂记》，自难专美于前。窃谓轻烟淡粉间当有如蕊君其人者，两君试以斯文示之，并语以蘼芜、媚香往事，不知有感于蕊君之言而为之结眉破粉否也？

此一时伫兴之作，忽忽不甚记忆。迨姬归余后，允庄谈次戏余曰：“君当日以他人酒杯，浇自己块垒。兴酣落笔，慨乎言之。苟至今日，敢谓秦无人耶？”茗妹曰：“兄生平佳遇虽多，然皆申礼防以自持，不肯稍涉苟且轻薄之行，今得紫君，天之报兄者亦至矣。”闺侣咸为首肯。

秋影主人，中年却扫，炉熏茗碗，拥髻微吟，花社灵光，出尘不染，后来之秀，羸崇礼焉。先是，香霓阁有随鸦之举，主人苦口箴之。闻姬属余，庆得所归，恒求识面。申丈介余修相见礼，笑曰：“十君玉骨珊珊，迩应益饶丰艳耶？蕴珠抱璞，早审不凡，具此识英雄眼，尤为扫眉人生色矣。”归宣其言，姬为莞尔。

邗当要冲，冠盖云集。余自趋庭问绢，日鲜宁晷，堂上于奇寒深夜命姬假寐俟余，姬仍剪灯温茗，围炉端坐以待。诘晨复辨色理妆，次第诣长者起居。夙兴夜寐，历数年如一日焉。

姬将适余，偶与倚红、听春辈评次青容院本。或吟《香祖楼》警句，或赏《四弦秋》关目。姬独举《雪中人》“可人夫婿是秦嘉，风也怜他，月也怜他”数语，吟讽不辍。唐甥桂仙侍鬟改子笑曰：“十姑此时固应心契此语！”金钗四座，赏为知言。余前年于役彭城，寄姬词有曰：“踢冰瘦马投荒驿，负了卿怜惜。累卿风雪忆天涯，休说可人夫婿是秦嘉。”盖指此也。嗣于下相道中寄姬词曰：“霜月当头圆复缺，跃马弯弓，哪怪常离别。约了归期今又不，关山只识无啼鸩。何事沾膺双泪热，帐下悲歌，竟未生同穴。忍与归时灯畔说，五更一骑冲风雪。”南州朱夫人为写《行香子》，晚翠庵主即书原词于上。姬每一捧诵，感叹弥衿，凄咽之音，如听柳绵芳草矣。

余幼涉韬钤，长延豪俊，然如清河君之忠义廉立者，颇不易觏。长白尚衣，锐欲治枭，禁暴除害，致书阁部，谓燕赵壮士，江淮异人，恩威部勒，非余莫任。余启阁部曰：“无恒产而有恒心者，惟士为能，鸡鸣狗盗之雄，为饥所驱，不知择业，铤而走险，患莫大焉。广庇博施，知有不逮，然能储一有用之材，即可弭一无形之祸。”阁部深嘉是言，且曰：“即以禽枭而论，以毒攻毒，兵法亦当如是也。”忠信所格，景响孔殷。姬曰：“鹰飞好杀，龙性难驯，胆大心细，愿味斯言。”且以余驭下少严，渊鱼廪鼠，察诘不祥，怡词巽语，时得韦弦之助云。

淮南以浚河停运，余请于堂上，创为移梱之议，节使与彭城公咸庆安枕，真州贤士歌诗以侈美之。归逼岁除，颇形闷损。姬曰：“储课乂民，颂声洋溢。残年风雪，不负此行，哪有辜负香衾之憾？”

芜城绮节，慈命设宴璧月楼前。姬偕闺闾，香阶侠拜。更解绾臂怜爱缕，遣鬟密置鸱吻。吾杭谓刍尼衔以成梁，可渡星河灵匹也。萼姊戏裁冰縠绘并头兰桂畀姬，向月绣之，镂金错采，巧夺针神。余巾箱检玩，珍逾蔡氏金梭矣。

癸未仲春，太夫人患病危亟，姬辄焚香告天，愿以身代。余时奉檄驻工，星夜驰归，祷于太平桥元化先生祠，赐方三剂而愈。姬因代余持观音斋，以报春晖，至殁不替。

姬与余情爱甚挚，而耻为忮嫉之行，是以香影阁赠余鬟花绡帕，香霏阁赠余冰纨杂佩，秋雯阁赠余瓜瓤绣缕，姬皆什袭藏之。又香霏阁寄余雕笼蝈蝈一枚，姬尤拳爱不释，曰：“窥墙掷果，皆属人情。苟非粉郎香掾，又谁过而问之者？”

余取次花丛，屡为摩登所摄。爰赋《柳梢青》词以谢之曰：

曳雪牵云，玉笼鹦鹉，唤掩重门。曲曲回阑，疏疏帘影，也够销魂。　愁看照眼浓春，添多少香痕泪痕。默默寻思，生生孤负，无数黄昏。

休蹙双蛾，鬘华倩影，好伴维摩。娇倚香篝，话残银烛，闲煞衾窝。　更无人唱回波，只怕惹情多恨多。叶叶花花，鹣鹣鲽鲽，此愿难么？

允庄曰：“风流道学，不触不背，当是众香国中无上妙法。”

姬曰："飘藩堕溷，千古伤心，君能现身接引，亦是情天善果。"余曰："安得金屋千万间，大庇天下美人皆欢颜耶？"姬亦为之輾然。

余以乌鸟之私，惧官远域，牛马之走，历著微劳。黄扉辱国士之知，丹诏沐勤能之谕，纶音甫逮，吏议随之，絜养衔恩，未甘废弃。长途冰雪，小队弓刀，急景凋年，重尝艰险。维时允庄忽染奇疾，淹笃积旬。姬乃鸡鸣而起，即诣环花阁褰帷问夜来安否。亲为涂药进匕后，始理膏沐。扶持调护，寝馈俱忘。语余世母谯国太君曰："夫人贤孝，闺中之曾闵也。设有不讳，必重伤堂上心，而贻夫子忧。稽首慈云，妾愿以身先之尔。"余时寄迹于东阳参军绛云仙馆，曾附书尾寄以近词曰：

年来饱识江湖味，今番怎添凄惋。远树蘸烟，残鸦警雪，人在黄昏孤馆。更长梦短，便梦到红楼，也防惊转。雁唳霜空，故乡何事尺书断？

书来倍萦别恨，道闺人小病，罗带新缓。茗火煎愁，兰烟抱影，不是卿卿谁伴？怜卿可惯，况一口红霞，黛蛾慵展。漫忆扬州，断肠人更远。

姬时已得咯血症，讳疾不言，渐致沈笃。余以定省久暌，勾当粗毕，醉司命夕，风雪遄归，而姬已骨瘦香桃，恹恹床蓐矣。

余自吏议不得留江后，姬曰："君此后江湖载酒，宜豫留心一契合之人。"余诘其故，曰："君为尊亲所屈，奉檄色喜，自断不忍远离膝下。但今既有此中沮，或者改官远省，太夫人既惮长途，不能就养，夫人又以多病不去，我何忍侍君独行？且寒暑抑搔，晨昏侍奉，留我替君之职，即以摅君之忧。至君之起居寒暖，必得一解事者悉心护君，虽千山万水，吾心慰矣。”此姬自上年十月以来，屡屡为余言之者。孰知黄花续命之言，即为紫玉成烟之谶哉！

蓉湖施生，隐于阛阓，掷六木以决祸福，闻有奇验。余就卜流年休咎，生曰：“他事甚利，惟不免破镜之戚。”问能解否，曰：“小星替月可解也。”更请其他，曰：“嘒彼三五，或免递及之祸。”时平阳中瀚自淮南来，为姬推算，亦如生言。爰就邻觋陇西氏占之，曰：“前身是香界司花仙史，艳金玉之缘，遂为法华所转。爱缘将尽，会当御风以归尔。”允庄闻之，亟请于堂上，为余量珠购艳，以应施生之说。余曰：“新人苟可移情，辄使桃僵李代，拊心自问，已觉不情。设令胶先续断，香不返魂，长留薄幸之名，莫雪向隅之恨，更非我之所愿。又岂卿之所安哉？”允庄曰：“然则如何而后可？”余曰：“姬素恋切所生，恒见望云兴叹。还珠益算，此诚日者无聊之极思。然其徙倚绵延，屡烦慈顾，每与言及，涕泗不安，曷以归省之计，为伊却病之方乎？”允庄颔之。乃为请于重闱，整装以定归计焉。

四月下浣五日，太夫人雪涕命余曰：“紫姬以归省之计，为却病之方，果如所言，实为至愿。惟值江风暑雨，实劳我心。汝可祷之于神，以决行止。”余因祷于武帝庙，其签诗曰：

贵人相遇水云乡，冷淡交情滋味长。

黄阁开时延故客，骅骝应得骋康庄。

太夫人见有骅骝康庄之语，以为道路平安，乃许归省。孰知三槐堂中，西偏楹帖，大书深刻曰："康庄骥足蹑青云。"而姬殁后，槥停适当其处。开我西阁门，坐我绿阴床，事后追思，如梦如幻，神能知之而不能拯之，岂苍苍定数，竟属万难挽回哉？

紫姬行后，允庄寄以诗曰：

梅雨丝丝暗画楼，玉人扶病上扁舟。
钏松皓腕香桃瘦，带缓纤腰弱柳柔。
五月江声流短梦，六朝山色送新愁。
勤调药裹删离恨，好寄平安水阁头。

紫姬依韵和之，并呈太夫人，诗曰：

风雨经春怯倚楼，空江如梦送归舟。
绵绵远道花笺寄，黯黯临歧絮语柔。
闺福难消悲薄命，慈恩未报动深愁。
望云更识郎心苦，月子弯弯系两头。

允庄又寄余诗曰：

问君双桨载桃根，残月空江第几村。
淡墨似烟书有泪，远天如水梦无痕。
晚风横笛青溪阁，新柳藏鸦白下门。
更忆婵嫣支病骨，背灯拥髻话黄昏。

余依韵和之曰：

情根种处即愁根，纱浣青溪别有村。
伴影带余前剩眼，捧心镜浥旧啼痕。
江城杨柳宵闻笛，水阁枇杷昼掩门。
回首重闱心百结，合欢卿独奉晨昏。

曹小琴女史读之叹曰："此二百二十四字，是君家三人泪珠凝结而成者，始知《别赋》《恨赋》，未是伤心透骨之作。"

余于严慈抱恙，每祷元化先生祠辄应，盖父母之疾可以身代，愚诚所结，先生其许我也。姬人之恙，或言客感未清，积勤成瘵，早投峻补，误于凡医之手。然求方之事，余又迟回不敢行。六月十三日夜，姬忽坚握余手曰："君素爱恋慈帏，苟不畏此简书，从无浪迹久羁之事，今来省垣者匝月矣，阁部叙勋之奏，昨日已奉恩纶，指日北行，亟宜归省。妾病已深，难期向愈，支离呻楚，徒怆君心。愿他日一纸书来，好收吾骨以归尔。"余时甫得大人安报，因慰之曰："子之贤孝，上契亲心，来谕命为加意调治，以期痊可偕归。明日当为子祷于小桃源元化先生祠，冀得一当，以纾慈廑。"姬泣曰："拜佛求仙，累君仆仆，吾未知所以报也。"次日祷之，未荷赐药。次日又以姬之生平具疏上达，愿减微秩，以丐余生，俾侍吾亲，谓先生其亦许我耶？始荷赐以五色豆等味，自此遂旦旦求之。至十八日晚，得大人急递书，知太夫人客感卧床，姬亟呼郑、李两妪尽力扶倚隐囊，喘息良久，甫言曰："妾病已可起坐，君宜遄归省亲，勿更以妾为念。”言际清泪栖睫，更无一言，反面贴席，若恐重伤余心者。余时心曲已乱，连泣颔之。晨光熹微，策单骑出朝阳门。伤哉此日，遂为永诀之日矣。

余于二十二日抵苏。太夫人之恙，幸季父治少痊。惟头目岑岑，迷眩五色。余急祷于西米巷元化先生祠，赐服黄菊花十朵，遂无所苦。太夫人询姬病状，知在死生呼吸之际，命余即行。余以慈恙甫愈，请少留。至二十六夜，姬恩抚女桂生惊啼曰：“娘归矣！”询之，曰：“上香畹楼去矣！”太夫人疑为离魂之征也，陨涕不止。余再四劝慰，太夫人曰：“紫姬厌弃纨绮，宛然有林下风，湖绵如雪，则其所心爱也。年来侍我学制寒衣，缝纫熨贴，宵分不倦，我每顾而怜之。”因属世母谯国太君、庶母静初夫人、蓴姊、苕妹辈，为姬急制湖绵衣履。顾余曰：“俗有冲喜之说，汝可携去。能如俗说，留姬侍我，此如天之福也。”至七月朔日，得姬二十八日寄书，殷念北堂病状，并遍询长幼起居。举室传观，方以无恙为慰。初三制衣甫毕，堂上促余遄行。伏雨阑风，征途迢滞。初六触炎登陆，曛黑入门。家人兮憧惶，嫂侄兮含悲。易锦茵以床垂兮，代罗帱以素帷。魂飞越而足趦趄兮，心震骇而肝肠摧。抚玉琴之在御兮，瞻遗挂之在壁。怼琼蕊之无征兮，恨朝霞之难挹。萃湫风以酸滴兮，涉遐想兮仿佛。太原翁姥流涕告余曰：“儿于初四戌刻，不及待公子而遽去矣。”呜呼！迟到两朝，缘悭一面，抚棺长恸，痛如之何！

姬之逝也，太原翁姥专傔至苏，余于中途相左，至十二日傔自苏归。赍奉大人慈谕曰：“七夕得三槐书，知紫姬遽然化去，重闱以次，无不悲悼。且屈指汝到相距两日，未必及视其敛，尤为伤心之事。携去衣履，想已不及附棺。汝母云是所心爱，可焚与之。汝一切料量安妥后，即载其槥回苏，暂厝虎山后院，俾依汝祖灵以居。今冬恭建先茔，当并挈之以归尔。渠四年中贤孝尽职，群无间言。去冬侍汝妇之疾，尤属不辞况瘁。至其淡泊宁静，夙为汝祖所称赏。今得首从先人于九京，在渠当亦无憾。汝母方为作小传，静初、允庄等皆有哀词。汝宜爱惜身心，报以笔墨，俾与茜桃、朝云并传，当亦逝者之心也。”呜呼！我堂上慈爱之心，无微不至，开函捧诵，感激涕零。畀太原举家读之，莫不凄感万状。余因恭录一通，并衣履焚之灵次。呜呼紫姬，魂魄有知，双目其可长瞑矣！

姬发长委地，光可鉴人，指爪皆长数寸，最自珍惜。每有操作，必以金驱护之。弥留之际，郑媪为理遗发，令勿轻弃，更倩闰湘尽剪长爪，并藏翠桃香盒中。闰湘曰：“留以遗公子耶？”含泪点首者再。叩其遗言，曰：“太夫人爱我甚至，起居既安，必命公子复来，惜我缘已尽，不能少待为恨尔。”

太夫人素性畏雷，余与允庄、紫姬，每逢夏夜风雨，辄急起整衣履，先后至太夫人房中，围侍达旦。今年七月三夕，姬病卧碧梧庭院，隐闻雷声，辄顾李媪等曰：“恨我远离，不能与主人同侍太夫人尔。”未及周辰，遽尔化去。病至绵惙，而其爱恋吾亲若此，悲哉痛哉！

允庄闻姬凶耗，寄余书曰：“姬之抚恩女桂生，已奉慈命为持三年之服。至其平日爱抚孝先，无异所生，业为持服。如有吊者，应报素柬，亦以请命堂上，可书‘嫡子孝先稽颡’云云。”

并寄挽联曰：

四年来孝恭无忝，偏教玉碎香销，愚夫妇触境心酸，遗憾千秋，岂独佳人难再得

两月中消息虽通，只恨山遥水远，慈舅姑倚闾望切，芳魂一缕，愿偕公子早同归

同人叹为情文相生，面面俱到。芳波大令曰："素柬以嫡子署名，吾家庶大母之丧，先大父太守公曾一行之。今君家出自堂上及大妇之意，尤为毫发无憾。"

金沙延陵女史，工诗善画，秀笔轶伦。所得润笔之资，以赡老母幼弟。尤工剑术，韬晦不言。人以黄皆令、杨云友一流目之，不知为红线、隐娘之亚也。病中闻紫姬之耗，寓书于余，发函伸纸，上书"萼绿华来无定所，杜兰香去未移时"一联。跋曰："紫湘仁妹，蕙心纨质，旷世秀群。余每见于芜城官舍，爱不忍去。曾仿月娇遗迹，画兰十二帧，以作美人小影。今闻彩云化去，不觉清泪弥襟。以妹之孝恭无忝，具详允庄大妹所撰挽联。人不间于高堂大妇之言，无俟再下转语，爰书玉溪生句，俾知慧业生天，以摅云弟梨云之感。此于《香祖楼》后又添一重公案矣。"又一行曰："姊以病中腕怯，不得纵笔作书，可觅一善书者捉刀为幸。"余因倩汝南探花，仿簪花妙格，书之吴绫，张诸座右，此与昭云夫人篆书林鬘卿《葬花诗》以当薤露者，可称双绝。

词坛耆隽，赢锡哀词。摅余怆情，美不胜屈。至挽联之佳者，

犹记扶风观察云：

别梦竟千秋，金屋昙花逢小劫

招魂刚七夕，玉箫明月认前身

巢湖太守云：

司马湿青衫，盖世奇才，那识恩情还独至

姮娥归碧落，毕生宠遇，从知福慧已双修

高平都转云：

玉帐佩麟符，曾见潞州传记室

兰台抛凤管，空教司马忆清娱

清河观察云：

倚玉搴芳，记伊人琼树雁行，花叶江东推独秀

叱鸾靡凤，送吾弟金闺鹗荐，风沙冀北叹孤征

渤海令君云：

迎来鸾扇女，美前程月满花芳，奈银屏月缺花残，憔

悴煞镜里情郎，画中爱宠

归去鹊桥仙，生别离山迢水递，赖锦字山温水软，圆成了人间艳福，天上奇缘

渤海、清河两君，有蹇修葭莩之谊，抚今悼昔，故所言尤为亲切。及见申丈挽联云：

公子固多情，也为伊四载贤劳，不辞拜佛求仙，欲把精虔回造化

佳人真有福，堪羡尔一堂宠爱，都作香怜玉惜，足将荣遇补年华

佥曰："离恨天中，发此真实具足语。白甫此笔，真有炼石补天之妙！"又鹅湖居士用余丙子年题铁云山人无题旧作"昙花妙谛参居士，香草离骚吊美人"之句，书作挽联，既见会心，又添诗谶，钗光钏响，触拨潸然。

姬疾革夜，语其季嫂缪玉真曰："我仗佛力归去，当无所苦。公子悼我，第请以堂上为念，扶持调护，宜觅替人。公子必义不忘我，皈向者要不乏人耳。"玉真泣陈如此，余方凄感欲绝，鸿消鲤息，洵有如姬所云者乎？紫姬来去湛然，解脱爱缘，逍遥极乐，幸勿以鄙人为念。所悲吾亲无人侍奉，所喜吾儿渐已长成，承重荫之孔长，冀门祚之可寄。余则心芽不茁，性海无波，且愿生生世世弗作有情之物矣。

余自姬逝后，仍下榻碧梧庭院。翠桃香盒，泣置枕函。空床长簟，冀以精诚致之。然鳏目炯炯，恒至向晨，虽有鸿都少君之术，似亦未易措置也。犹忆七月四日兰陵舟夜，梦姬笑语如平时。寤后纪以词曰：

喜见桃花面，似年时、招凉待月，竹西池馆。豆蔻香生新浴后，茉莉钗梁暗颤，恰小试玉罗衫软。照水芙蓉迷艳影，问鸳鸯甚日双飞惯？低首弄，白团扇。

星河欲曙天鸡唤。乍惊心、兰舟听雨，翠衾孤展。重剪银灯温昔梦，梦比蓬山更远。怎醒后莲筹偏缓？谩讶青衫容易湿，料红绡早印啼痕满。荒驿外，五更转。

时堂上属琅琊生偕行，读之叹曰：“此种笔墨，无论识与不识，皆知佳绝，惟觉凄惋太甚耳。”余亦嗒然。孰知兰陵入梦之期，即秣陵离尘之夕。帐中环佩，是耶非耶？其来也有自，其去也又何归耶？肠回目极，心酸泪枯。姬倘有知，亦当呜咽。

姬素豢狸奴名瑶台儿，玉雪可念。余初访碧梧庭院，辄依余宛转不去。姬酒半偶作谐语，闰湘纪以小词曰“解事雪狸都爱你，眠香要在郎怀里”者是也。洎姬归省，闰湘犹引前事相戏。姬逝后，瑶台儿绕棺悲鸣，夜卧茵次。噫嘻！物犹如此，余何以堪？

姬冰雪聪明，靡不淹悟，类多韬匿不言。先大父奉政公夙精音律，藻夏兰宵，季父恒约僚客于玉树堂，坐花觞月，按谱征歌。奉政公北窗跂脚，顾而乐之。芙蓉小苑，花影如潮，一抹银墙，笛声隐隐。姬遥度为某阕某误，按之不爽累黍。邗江乐部，夙隶尚衣，岁费金钱亿万计，以储钧天之选，吴伶负盛名者咸骛焉。试灯风里，选客称觞，火树星桥，鱼龙曼衍，五音繁会，芳菲满堂。余于深宵就舍，询姬今日搬演佳否，姬辄微笑不言。盖太夫人素厌喧嚣，围炉独酌，姬虞孤寂，卷袖侍旁，虽慈命往观，低徊不去，以是彻夜笙歌，未尝倾耳寓目。余今后闻乐搒心，哀过山阳邻笛矣。

姬如出水芙蓉，不假雕饰。当春杨柳，自得风流。太夫人恒太息曰："韶颜稚齿，素服淡妆，秀矣雅矣，然终非所宜也。"壬午初夏，婪尾娇春，将侍祖太君为红桥之游。蓴姊、苕妹辈争为开奁助妆。璧月流辉，朝霞丽彩，珠襦玉立，艳若天人。陇西郡侯眷属，时亦乘钿车来游，遇于筱园花际，争讶曰："西池会耶，南海游耶？彼奇服旷世骨象应图者，当是采珠神女，步蘅薄而流芳也。"计姬归余四年，见其新妆炫服，只此一朝而已。罗襟剩粉，绣袜余香，金翠丛残，览之陨涕。

姬最爱月，尤最爱雨。尝曰："董青莲谓月之气静，不知雨之声尤静。笼袖熏香，垂帘晏坐檐花落处，万念俱忘。"余因赋《香畹楼坐雨诗》曰：

剪烛听春雨，开帘照海棠。
玉壶销浅酌，翠被幕余香。
恻恻新寒重，沉沉夜漏长。
宛疑临水阁，无那近斜廊。

清福艳福，此际消受为多。今春《香畹楼坐月词》则曰：

蟾漪浣玉，人影天涯独。镜槛妆成调钿粟，应减旧时蛾绿。

归来梦断关山，卷帘暝怯春寒。谁信黛鬟双照，一般孤负阑干。

又《香畹楼听雨词》曰：

梦回鸳瓦疏疏响，灯影明虚幌。争奈此夜客天涯，细数番风况近玉梅花。

比肩笑向巡檐索，怕见檐花落。伤春人又病恹恹，拼与一春风雨不开帘。

萧黯之音，自然流露，云摇雨散，邈若山河。从此雨晨月夕，倚枕凭阑，无非断肠之声，伤心之色矣。

余以樗散之才，受知于阁部河帅、节使都转暨琅琊、延陵两观察，河渠戎旅，不敢告劳。然出门一步，惘惘有可怜之色。迨过香巢，益萦别绪，凄怀酿结，发为商音。犹忆壬午初秋，下榻碧梧庭院，寄姬《芜城词》曰：

新涨石城东，雪聚花浓。回潮瓜步动寒钟。应向秋江弹别泪，长遍芙蓉。

金翠好房栊，燕去梁空。窗开偏又近梧桐。叶叶声声听不得，错怪西风。

又于纫秋水榭对月寄词曰：

深闺未识家山路，凄凄夜残风晓。雾湿湘鬟，寒禁翠袖，曾照银屏双笑。红楼树杪，怕隐隐迢迢，梦云难到。万一归来，屋梁霜霁画帘悄。

凭阑愁见雁字，问书空寄恨，能寄多少？水驿灯昏，江城笛脆，丝鬓催人先老。团栾最好。况冷到波心，竹西秋早。待写修蛾，二分休瘦了。

香影阁主人读之，怃然有间，曰："此时此际，月满花芳，偶尔分襟，怆怀如许。阳关三叠，河满一声，恻恻动人，声声入破，用心良苦，其如凄绝何？"余初出于不自觉，闻此乃深悔之。频年断梗，转眼空花，影事如尘，愁心欲碎。玉溪句云："此情可待成追忆，只是当时已惘然。"霜纨印月，锦瑟凝尘，断墨丛烟，益增碎琴焚研之恨。

余去秋留江，姬喜动颜色，曰："妾积思一见老亲，并扫生母之墓。君今晋省应官，堂上命妾侍行，得副夙怀，虽死无憾。"余讶其不祥，乱以他语。会先大父奉政公病，余侍侧不忍遽离。幕僚佥言："既受节相河帅厚恩，亟宜谒谢。"姬曰："两公当代大贤，以君为天下奇才，登之荐牍，此其储才报国之心，非欲识面台官，拜恩私室者。且君以侍重亲之疾，迟迟吾行，又何歉焉？”嗣奉政公以江淮苦涝，宜效驰驱，促余挂帆，溯江西上。阁部审知奉政公寝疾，仍允告归。姬曰：“吾闻圣人以孝治天下。阁部锡类之心，询非他人所及也。”嗣此半月，姬与余随同诸大人侍奉汤药。姬独持淡斋，不食盐豉，焚香祷佛。奉政公卒以不起。然此半月中，余得随侍汤药，稍展乌私，皆阁部之所赐也。八月下浣，余遽被议。九月中旬，举室南还，而姬归省扫墓之愿知不克践。既痛奉政公之见背，又复感念生母，人前强为欢笑，夜分辄呜咽不已。十月中，余又奉檄，涉江历淮，姬独侍大妇之疾。半载以来，几于茹冰食蘖。呜呼！伤心刺骨之事，庸诎者尚难禁受，况兹袅袅亭亭，又何能当此煎迫哉！

七月二十日，与客坐纫秋水榭，恭奉太夫人慈训曰：“紫姬之逝，使人痛绝，伤心吊影，汝更可知。以汝素性仁孝，于悲从中来之际，想自能以重慈与我两老人为念。寄去姬传一篇，据事直书，不计工拙，聊摅吾痛。无侈无饰，当之者亦无愧色也。”谨展另册视之，洋洋将二千言，泪眼迷离，不忍卒读。时玉山主人、鹅湖居士在座，叹曰：“紫君贤孝宜家，不知者或疑君抱过情之痛。今读太夫人此传，始知君之待姬，洵属天经地义，实姬之孅行有以致之尔。”蕙绸居士曰：“紫姬之贤孝，堂上之慈爱，至性凝结，发为至文，是宇宙间有数文字。紫君得此，可以无死。国朝以来，姬侍中一人而已。”呜呼，紫姬！余撰忆语千言万语，不如太夫人此作实足俾汝不朽。郁烈之芳，出于委灰；繁会之音，生于绝弦。彤管补静女之徽，黄绢铭幼妇之石。呜呼，紫姬！魂其慰而，而今而后，余其无作可也。

附录

紫湘诔

颐道居士

紫湘，秣陵王氏女。年十九，归余子裴之为侧室。婉嫕淑慎，门无间言，道光甲申七月四日，以疾卒。其生平言行，既见于余室人所为小传矣。余悯其有柔嘉之德而早逝也，为此诔以哀之。颐道居士记。

呜呼紫湘！秉德淳贞。淮水之秀，钟山之英。嘒彼小星，以事君子。大妇心怡，高堂色喜。吾家族大，食指逾千，同声称嫩，惟尔之贤。重亲致欢，善承色笑。侍膳问安，惟尔之孝。佐馂调药，以事小君。夙兴夜寐，惟尔之勤。言罔愆礼，行知饰性。无违夫子，惟尔之敬。姬侍备此，令德克宣。允宜获福，奚不永年？剪纸招魂，采蘅设祭。我作此辞，潸焉出涕。

作者简介：

颐道居士，即陈裴之之父陈文述（1771—1843）。陈文述字谱香，别号元龙、退庵、云伯，又号碧城外史、颐道居士、莲可居士等，钱塘（今浙江杭州）人。

诗学吴梅村、钱牧斋，诗风博雅绮丽，在京城与杨芳灿齐名，时称“杨陈”，著有《碧城诗馆诗钞》《颐道堂集》等。

紫姬哀词并序

汪端

紫姬碧玉韶颜，绿珠慧性。家近青杨之巷，门临白鹭之洲。姊妹十人，姬其季也。画遍十眉，旧名花蕊。绾来双髻，小字桃根。其归我朗玉夫子也，春江打桨，官阁飘灯。璧月凝辉，前身定呼明月；琼花照影，几生修到梅花？姬复性厌铅华，夙耽词翰，兰羞佐馂，燕寝怡颜。椒颂流馨，鸾台浴德。颍川之门，无歧訾焉。客冬，余卧病殊剧，姬伫苦哺糜，含辛调药，中宵结带，竟月罢妆。余疾既瘳，姬颜始解。呜呼贤矣！岂知瑶华萎雨，琼屑销尘。扶病归省，卒于母氏。萱帏雪涕，兰阁招魂。羌渺渺兮予怀，伫珊珊之入梦。瑶情玉色，谁撰馆陶仙子之铭？霞袂云軿，待续宝懿夫人之传。诗成八律，泪绠千丝。

泪洒西风黯碧纱，钿蝉零落吊明霞。
云中紫凤长离鸟，池上夭桃薄命花。
夜月空林呼妙子，晓钟残梦见瑶华。
疏星三五光初掩，愁看银河络角斜。

（原作注：华谭妾石瑶华殁后，见形如平生。出《抱朴子》。）

蕊结同心九畹芬，渡江桃叶美人云。
画眉菱镜花双笑，记曲珠帘月二分。
篆玉鸳鸯犹剩字，泥金蛱蝶尚留裙。

早梅官阁经行处，莲屧苍苔印碧纹。

月照香婴画阁虚，谢娘新咏丽芙蕖。
枣花帘箔调鹦鹉，芸叶窗纱避蠹鱼。
红衲道人工写韵，白云仙子最知书。
兰膏翠羽留遗迹，奁艳重翻恨有余。
（原作注：《妇人集》：陆姬孟珠，号红衲道人。
何白云，史忠妾。《奁艳》，董小宛辑。）

寒闺侍疾夜迟眠，药裹劳君细意煎。
彩胜倦簪挑菜节，罗屏静掩试灯天。
解歌芳草朝云慧，洁奉兰羞络秀贤。
犹记江城砧杵动，春纤叠雪擘吴绵。
（原作注：太夫人及余夫妇御寒襦褐，频年皆姬手制。）

琼肌病怯杏罗轻，眉翠颦多画未成。
虚幌药烟愁拥髻，小窗花影罢吹笙。
金猊火冷香慵炷，玉马风驰梦易惊。
惆怅红冰凝别泪，满天梅雨阖闾城。

皂荚桥边问故家，晚乌啼断六朝花。
女墙静夜潮初上，水榭新凉月正华。

衔到玉鱼愁豆蔻，拨残金凤怨琵琶。
退红衫子空裁制，白蝶飞灰散晓霞。

新月蛾眉忆晚妆，凄风繐帐泣归航。
哀蝉落叶秋如水，早雁明河夜渐凉。
锦瑟惊弦怀梦草，玉箫旧约返生香。
画帘微雨黄昏后，谁念檀奴鬓欲霜。

女坟湖冷殡宫遥，旧日妆楼锁寂寥。
露砌碧苔吟蟋蟀，风廊翠竹网蟏蛸。
秋云罗帕温香渍，明月琼杯艳影消。
留得玉梅遗挂在，亭亭素质带愁描。

（原作注：秋云罗帕，见《丽情集》。明月杯，见《神仙传》。）

作者简介：

汪端（1793—1839），清代女诗人，字允庄，号小韫，钱塘（今浙江杭州）人，陈裴之之妻。

汪端自幼过目不忘，且极有主见。编撰有《明三十家诗选》，另著《自然好学斋集》。

同作

管筠

秦淮烟柳石城潮，问讯青溪第几桥。
仙子鬓眉春黛染，美人衫袖洛花娇。
方期洛水霞长映，何事嵊山雪易消。
惆怅罡风吹太急，一株玉树陨南朝。

金灯照夜月初圆，往事分明在眼前。
香雪梅花晓妆阁，烟波桃叶渡江船。
相看大妇怜中妇，岂料今年异去年。
兰语缠绵桃骨瘦，忆来一度一潸然。

江上青山隔翠微，白门杨柳梦依稀。
空怜听雨潇潇去，不见看花缓缓归。
四载玉颜成永诀，全家珠泪惜分飞。
夜阑帘外天如墨，愁绝篝灯制殓衣。

黯淡文窗韵字纱，归帆盼断曲江涯。
虎山寻梦烟初暝，鹤市招魂月正华。
暂寄玉棺吴苑寺，待营香冢宋营斜。
茜桃抔土芳邻在，天竺峰前吊落花。

作者简介：

管筠，生卒年不详，清代女词人、画家，字湘玉，又字静初，浙江杭州府钱塘县（今浙江杭州）人，陈裴之之父陈文述妾。

工诗，善画佛。著有《小鸥波馆集》。

又

陈华娵

我弟才华小凤皇，得君亦复似鸳鸯。
香名谢氏乌衣巷，春色卢家白玉堂。
一树琼花留艳影，满庭璧月照明妆。
如何绝代婵娟子，零落嫣红陨晓霜。

（原作注：余旧题弟妇允庄《明湖饮饯图》）

消息传来掩泪听，落花如雨葬倾城。
青山会见营新冢，翠水应知理旧盟。
瑶瑟前尘悲晓梦，玉箫后约望来生。
一编忆语从头读，香畹楼头碧汉横。

作者简介：

陈华娵（1793-？），字萼仙，陈裴之的大姐。

又

陈丽娵

杨柳南朝树，芙蓉北苑妆。
衣裳雕玉珮，楼阁郁金堂。
桃叶春波稳，琼花夜月凉。
当年嫁张硕，亲见杜兰香。

隋苑通吴苑，频年数往还。
含香吴寸趾，识曲谢双鬟。
纤柳销春黛，夭桃瘦玉颜。
可怜扶病去，凄绝汝南湾。

滴泪空如水，伤心欲问天。
魂归残月影，梦短落花烟。
鹦鹉三生石，鸳鸯两度船。
玉箫情不断，应结再生缘。

作者简介：

陈丽娵（1799-？），字茗仙，陈裴之的妹妹。

紫姬小传

龚玉晨

姬王氏，名子兰，字紫湘，一字畹君，秣陵人，余子裴之侧室也。

初，子妇汪端来归，生子孝如，弥月殇。逾年又生孝先，娩后失调，体孱多疾。又因夫子颐道先生病剧，端誓愿长斋绣佛三年，继以选明代人诗、初二集，聚书盈屋，晨书暝写，心劳神疲，恒数昼夜不得寐。因请于余及颐道先生曰："作配高门，质沐慈爱，有逾顾复，比得醒疾，终夜不寝。医云疾在心神，不加静摄，将成怔忡。自问幼耽坟籍，疏旷针凿，十馈五浆，尤非所谙。虽重亲高堂，矜其不逮，夙夜循省，心何以安？且堂上膝下，仅止公子一人。饴含抱孙，亦止孝先一人。螽斯蕃衍，宜求淑俪，以主中馈，俾端得安心优游文史，以延孱弱之躯。"并于祖翁先奉政公、祖姑查太宜人前再三言之，虽未即许，未尝不鉴其心之苦、情之挚也。

嗣夫子以公至秣陵，闻姬贤，归言之。端闻，请曰："端之前言，实本肺腑。即不为公子求佳偶，独不可置篷室乎？且紫姬词翰，端曾一见之，尤非寻常金粉可比也。"夫子乃禀命堂上，介同岁生侯君青甫暨欧阳大令棣之为蹇修，诹吉迎归。端先期营"香畹楼"以居之，故又字畹君也。初至之夕，宾客云集，姻眷夹侍。姬端秀静穆，神光离合，若琼花之照春，而华月之白夜也。

余以久病，辟谷十稔。裴之尝与端言，苟谋置篷室，必得能侍余疾者。姬至逾月，辄屏铅华，佐治内政，侍余尤尽心力，朝夕不离。余性畏雷，每颇云屯空，惊电掣影，裴之夫归辄在侧。姬既至，裴之或以事他出，或在家，虽深夜，姬必先侍余侧也。上年春，余在扬病亟，姬焚香吁天，请以身代，并代裴之持观音斋，客冬，端病头风，手不能持匕箸。医者云："易传染。"语甚危。姬黎明起，不梳洗，不进饮食，先为大妇敷约餔糜，抚摩抑搔，恒至深夜。衣不解带者数月。端疾竟赖以愈。孝先自离乳哺，即随余寝食。虽孩提，性方执，行坐有常所，不多言。言辄喜作模棱语，婢媪不能通其意。姬喜爱若所生，佐余抚视，余因得晏息焉。余家世代寒素，服食朴简，姬荆布粗粝，安之若素，以是尤得先奉政公欢心。去春，奉政公病，姬发愿持淡斋，不食盐豉。

姬生母早卒，老父嫡母在堂，乞于上年十月归省，并为生母扫墓。嗣遭奉政公大故，举室南还，不克践约。既痛奉政公之见背，又感念生母，每夜分辄悲泣，遂成嗽疾。中间侍大妇之病已，辄讳疾不言。洎余知之，延医调理。甫少瘥，会余疾作，扶病侍余坐窗前。适当风处，嗽疾复作，遂不可止。

裴之始以治文案，浚河渠，襄盐策，获巨枭，受知于节相孙公、黎襄勤公。爰会中丞韩公奏请以通判留江南补用，已奉特旨准行矣，嗣以部驳，将赴都请分发。姬谓裴之曰："君之冀留江南者，为近侍堂上计也。今分发，则远近不可知。慈闱多病，势不能往。妾当在家，代君侍奉。至夫人之不能往者，亦势也。君宜别求淑质，代佐内政。"并言之余。余以闺中人材难得，余病年来亦渐轻减，且有姬人管筠、次女丽娵侍余，劝慰之，属勿萌是念。裴之先蒙圣谕，更属缉捕勤能，感效驰驱，叠擒枭盗。去冬今夏，历荷节相甄劳复奏，又奉特旨，以始终奋勉，敕部先选。仰邀异数，举室衔恩。郭知裴之将得官，而姬已先逝耶！

方病之亟也，裴之驰书秣陵，招翁媪至苏。存问慰藉，喜见颜色，疾以渐瘳。既病复作，自知不起，恐余之忧悸也，强自支励，言翁媪虽得见，而扫墓之愿未遂，心恒耿耿。力疾一行，以毕所怀，且藉养疴。泣请数四，乃令裴之送之秣陵。将逾月，会余以感冒撄疾，姬闻信促裴之归。洎有书来，辄言病少愈，以安裴之心。裴之于六月二十二日至吴门，为余祷于元化先生祠。余病就痊，梦中恒恍惚。幼稚言见姬归，乃于七月初三日促裴之行。而七夕秣陵人至，则姬已于初四戌刻逝矣。其归也，若恐余之不任哀痛而故远之；其逝也，若恐裴之亲视永诀之伤神也，而遽先之。临终神气湛然，闻雷声隐隐，犹念余不置。

裴之本以初二日行，因家中人为制湖绵殓具，乃先遣仆星夜驰报以慰之。适有以水蜜桃饷者，余知其所嗜，命赍往。初五日至，而姬已逝。桃实无恙，仅充灵座之供。裴之初六日至，则一棺长掩，殓具已不及用。与刍灵冥楮，同付焚如而已。信至，太宜人以下，无不痛哭失声，大妇尤哭之恸。夫子与余请于太宜人，命裴之携柩至苏，厝虎丘禅寺奉政公灵輀侧，俟奉政公归葬，同至西泠卜厝焉。

姬数年来不易一衣，不制一钗，不私蓄一钱。裴之衣服玩好、图绘书籍，付收掌者，辄为箧衍小字记之，部别居分，不失累黍。性耽文翰，从裴之夫妇受诗法，有《寄公子扬州诗》《自秣陵寄大妇吴门诗》二篇。余则断楮残编，与零膏冷翠同尽矣。呜呼！

姬之未至也，知其美丽，不知其淑慎也；既至，知其淑慎，不知其勤俭也；久之，知其勤俭，不知其贤孝也。乃阅数年之久，而其贤孝之实迹，以自晦而愈明，觉无事不入人心脾。矧余沉疴委顿十余年，需人娱侍，得此贤孝之媛，而复失之，每一忆及，不知涕之何从也。因制泪和墨，作为此文，俾后之览者，知其概焉。

姬生于嘉庆八年癸亥七月十四日，卒于道光四年甲申七月初四日，生年二十有二。其卒也，夫子为诔，裴之为《香畹楼忆语》，大妇端、管姬筠，余大女华娵、次女丽娵皆有诗。

论曰：古称姬妾之贤者，若茜桃、朝云，皆以得侍文人，获留姓氏，柔嘉之则，传者勿详。姬家金陵，六朝旧都，碧玉桃叶，艳迹在焉。而姬之柔嘉，远过茜桃、朝云。揆之载籍，殆络秀之流亚，而惜其不永年也。悲夫！

道光四年岁次甲申七月中

钱塘龚玉晨羽卿撰

作者简介：

龚玉晨，生卒年不详，字羽卿，陈文述的正妻，陈裴之的母亲。

跋

沈秉钰

客读《香畹楼忆语》，或谓过情，或疑逾礼，余怃然有间曰："此非深知朗玉之言，且非至性至情人语也。"凡人笃于一伦者，五伦皆厚；漓于一伦者，五伦皆薄。余识朗玉久矣。见其髫龄承欢，重亲颐养，孝友之誉，门无间言。且觏堂上疾剧，斋心涕泣，焚香告天，誓请身代。以故每祷华元化先生祠，赐药疗疾，如响斯应。弱冠投笔，仰承仔肩，淮泗近游，亦有啮指心痛之感，其笃于事亲者如此。

淑俪允庄夫人，闺中之秀也。弦诗鼓瑟，静好孔嘉。嗣以侍堂上之疾，长斋绣佛，与君别居。宏愿既毕，编选明人诗集，复得心耗不寐之疾，屡为君访置篷室，君皆坚却之。四年异处，怡悦相庄，其笃于阃内者又如此。

哲弟小英，早慧而殇，君悼之甚哀，集中《哭荀弟诗》及《哭从弟仲华》诸诗，潘芝轩尚书叹曰："斯人性情独挚，故其理学独醇。"顾君以同怀早世，独抱四海苍茫之痛，恒曰惟朋友足以补昆弟之阙，故其友谊为尤笃。

尊人颐道先生，为当代龙门，怜才下士。清宦廿年，室尝屡空。而君解衣指囷，赴义若渴。忆余自己巳冬，因娄东萧君晋卿识君，时君方从萧丈子山游，明年晋卿死，君念萧丈之无嗣也，请于堂上，为置侧室。未几生一女，而萧丈遽下世，遗腹复生一子。送死养生，力肩其任；呱呱遗孤，赖君成立。同时以父执而订忘年交者，曰大兴舒丈铁云，曰嘉兴王丈仲瞿。舒丈有三子，长孟皋，次仲舒，最幼丱角者，余始不知其字。乙亥冬，舒丈居母丧，柴毁骨立，除夕漏四下，君犹手煎参汤以饮之。而丈终以哀毁卒。君为理其丧，辑其稿，月恤其家，迄今十年矣。其间孟皋、仲舒先后居颐道先生幕中，复先后以疾卒，君日以舒氏嗣续为虑。凌芝泉明经者，金陵之诗人也，病废广陵，与君乔梓素无一面交，颐道先生宰江都，赒其家者三年。洎先生以忧去官，明经遂失志以死。适君以今秋莅扬，阮梅叔明经语凌凶耗，君往唁其家，全家哭拜于地。君慨然曰："存殁之事在吾，无忧。"购地葬芝泉于平山之麓，且为封树，题其碣曰："清故白门诗人凌芝泉先生之墓。"请命于颐道先生，挈其全家来吴，并为舒氏营新居，即以凌氏幼女配舒氏少子侍萱，君母龚太夫人以次，各撤衣珥助妆。汪剑潭资政文中有云："悯诗人之薄祚，冰上传言；迁寿母以同居，桥边赁庑。佳儿佳妇，互承二老晨昏。江北江南，并作一家眷属。"读者皆为感叹泣下。所谓舒子侍萱者，即余昔见其丱角无字者也。舒于王为中表亲，仲瞿丈与铁云丈才既相匹，遇亦相同。丁丑新秋，仲瞿丈病于吴中华严庵，君日往视其疾。丈固旷逸不羁，有宇宙蘧庐之意。君毅然曰："君有眷属在杭，使君生后，犹抱羁旅天涯之感，吾他日何以对君嗣哉？"专傔飞棹送丈归里，并豫为料量身后事。丈竟得遂首丘，遗孤善才，迄今提掖不少倦，距王丈之殁，盖亦九年于兹矣。

吾吴人才辈出，多与君交善，咸以所学就正于颐道先生。先生奖成后学，惟恐不及。始有吴门七子之目。继有后七子、续七子之称，就所见先后为序，不以年位学问相轩轾。梼昧如余，因亦得厕名其间。而此二十一人中，英年硕学，以王君井赤为巨擘，今秋遽以疾卒，君为筹其后事甚至。王母曹太夫人流涕语人曰：“吾儿交多贤豪长者，死友惟陈司马一人而已。”余考范文正忠宣父子麦舟助葬，千古传为美谈。今君乔梓助人营葬，就余所知者，舒、萧诸丈而外，余舅氏彭甘亭先生，秀州吴丈淡川，并葬其全家五棺，王柳村征君赋诗以记其事。此外待君举火者，有娄东桂氏、吴中许氏、秀州陈氏、金陵翁氏，盖亦指不胜屈。君初无德色，无惰容，曰：“吾少承庭诰，出事友生，第视吾力之当尽，以求吾心之所安。恩怨升沉，非所计也。”

夫君于纲纪伦彝之际，皆出以缠绵悱恻之思。既已顽懦可立，豪杰可兴，况乎紫姬之归君也！以姬美而备令德，贤孝淑慎，百喙同声，积勤成瘵，猝然化去，仰事俯育，失此良佐，亲悼于堂，妇痛于室，而谓君能漠然置之，匪特无是情，亦必无是理也。且闻君之蹇修为侯外翰欧阳大令，外翰年逾五旬无子，君为置篷举雄，外翰赋诗志喜。今襁褓者三龄，而外翰年亦六十一岁矣。大令去冬因公事几被吏议去官，举室仓皇，乞援于卅年之旧雨某观察，某置不答；君为借箸而筹，大令始得无恙。报蹇修者如此，其待姬者可知。然苟非姬之至性至情，天生玉女，又何以见两美之必合哉？

且夫移孝作忠，理无二致；齐家治国，教本同原。是故朗玉致亲奉檄，虽屈资郎，其议骆马湖之租地也，吴省庵观察叹为能持大局，能识大体。其论淮南北之盐策也，钱子寿都转称为公辅之器，王佐之才。其佐理真州水利暨擒治枭盗也，曾宾谷节使顾谓王箕山观察曰："如陈丞者，可谓材兼文武矣。"相国孙寄圃先生既以国士无双待之，河帅黎勤襄公又以天下奇才目之，连衔入告，屡荷恩纶，始谕缉捕勤能，继谕始终奋勉。一介书生，传家忠孝，而果受特知若此，圣经所谓治民必获乎上者，非即诚身明善，顺亲信友之所推暨哉。

《书》有之云："王道本乎人情。"夫非人情者有二，不为至愚陋，即为大奸慝。彼为过情逾礼之说者，既不乐成人之美，而其自待亦正复不厚。是非公论所在，余不欲默尔而息也，爰走笔书于简末，以告后之读是编者。

作者简介：

沈秉钰，生卒年不详，字式如，吴县（今江苏苏州）庠生。

《秋灯琐忆》译文

道光癸卯年闰七月，秋芙嫁到了我家。夜漏响了三下后，仆人和婢女们都已入睡。秋芙头上绾着堕马髻，身穿红绡制成的衣服，在灯花闪烁的光影中，和我一起欢声谈笑，越发畅快。我们一一数说着童年时期共同嬉戏的事情。渐渐谈到了诗词，我的舌头却好像僵直了似的，说不出什么。我回忆起旧年间曾听说秋芙作过一首《初冬诗》，有“雪压层檐重，风欺半臂单”的句子，我原来怀疑是某位歌伎冒用她的名字写的诗，到现在才相信确实是她所作。飘散着桂花香气的帐中有一两只小虫在飞，我们虽然很困倦了，却也睡不着。盆中的素馨花芬芳弥漫，甚至熏染到了枕头和席子上。秋芙邀请我和她联句，来考察我的才华，我也想试试秋芙在诗文上的造诣，于是欣然应允。我先出首句：“翠被鸳鸯夜”，秋芙续道：“红云蛾蠼楼。花迎纱幔月”，我又续道：“人觉枕函秋。”我们还想再续，但见窗外廊檐下月亮昏暗西斜，邻家的钟声也缓缓敲响，门外的小丫鬟已经低声细语地来催促秋芙起来梳妆了。我于是搁笔起床。

几天没有到巢园去，背阴的长廊墙角之间已渐渐长出了青苔，我因此生出感叹，作了两首绝句：

一觉红蕤梦，朝来记不真。

昨宵风露重，忆否忍寒人？

镜槛无人拂，房栊久不开。

欲言相忆处，户下有青苔。

这时秋芙回娘家归省已有三十五天了。她和众多姐妹一起谈笑风生，兴致一定很高吧，会记得夜深时有人还在秋风霜露中徘徊，等待着她归来吗？

秋芙的琴技，大半是我传授于她的。入秋以来，她因为生病，中断了学习。病愈后，她的指法已渐渐有些生疏了，我勉力为她整理，帮她练习，就跟她一起在夕阳红半楼上练琴。弦调了很久，高得不能成声，再要调音，琴弦却在五徽处断了。秋芙找来新弦换上，突然四周烟雾升腾，弥散于空中，窗纸仿佛都要被熏黑了。我们下楼一看，原来是小丫鬟不小心，让火烧着了帷幔，家里的童仆赶来才扑灭了火。这才知道"琴弦突然断裂"这件事所预告的谶意，应验的事应该很快就会发生，况且"五"是主火的数字，恰好应在琴弦断裂的徽位上，难道这是琴要告诉我这件事吗？

秋芙在金盆之中将戎葵叶捣成汁液，又掺杂了一些云母粉进去，用来拖染笺纸，用这个方法染出的笺纸，颜色蔚染青绿，就是澄心堂出品的纸也比不上。秋芙曾用这种纸为我抄录《西湖百咏》，可惜被郭季虎带走了。郭季虎为我题《秋林著书图》道："诗成不用苔笺写，笑索兰闺手细钞。"指的就是这件事。

秋芙一向不擅长书法，自从在魏滋伯、吴黟山两位老先生门下学习后，她的书法才学到了一些晋唐风格。只可惜生病后她眼力较差，不能经常练习。但偶尔写几个字，也依然是很秀媚可爱的。

夏夜炎热，秋芙约我到理安寺去游玩。才刚出门，雷声隆隆，狂风大作。仆人请求掉转车头回去，我因为游兴正浓，硬催他驱车前行。还没走到南屏山，天空中就乌云密布，包围四合，山峦流川昏暗一片。不久，只见闪电像白练一样从独秀峰顶闪过，在天空走了一丈多远后，大雨如注，我们只好在大松树下停车避雨。雨停之后继续前行，只觉得竹林中清风飒飒，山上万木青翠欲滴，两座山峰如同微皱黛眉的残妆美人一样哀怨动人，秀色可餐。我和秋芙一边欣赏景色，一边行路，连衣袖已经湿透都未曾察觉。那个月，一位查姓高僧正在理安寺主讲经文，他留我们吃了素斋，并把他所画的白莲图送给了我们。秋芙在上面题了诗，其中有“空到色香何有相，若离文字岂能禅”的句子。我们喝茶聊天谈得十分投机，之后，又由杨梅坞到石屋洞，洞中的乱石堆砌成拱形，宛若几案一般。秋芙把琴安放在石几上，弹起《平沙落雁》，洞外暮云涌动，山涧流水潺潺，仿佛唱着歌在回应琴声，此时我俩相对而坐，几乎忘记了自己还生活在尘世之中了。不久后，残余的暑热渐渐消散了，晚间昏暗的烟云从四面八方笼罩过来。我们掉过车头向回走，刚行了一里多路，月亮已经挂上了苏堤的杨柳枝头。这一天，屋里漏雨一直漏到床前，窗户和门都被打湿了，因为几层门都上了锁，童仆们未能进去察看。等到我们回来，床帐的一半都湿透了，我赶紧叫小丫鬟用竹笼烘干，直到五更我们才睡下。

秋芙喜欢画牡丹，但下笔太矜持郑重了一些。后来她跟着我的老友杨渚白学习，她画的牡丹便活色生香，颇有著名画家恽南田（恽寿平）的风格了。当时住在我草堂中的同道中人以及和我们经常来往的，有钱文涛、费子苕、严文樵、焦仲梅等人，大家在一起品叶评花，一整天都乐此不疲。到后来钱文涛走了，杨渚白死了，焦仲梅、严文樵等人又各自回故乡去了。秋芙也被柴米油盐之类的家务琐事所烦扰，将绘画的事搁置到一边。只有我这里存着的一把纨扇，是诸位朋友共同绘画的作品，画中的精神和意态，时隔多年也丝毫不减，我空暇时光取出观看，对宾朋的飘零散落便有了无尽的感慨。

桃花被风雨所摧残，花瓣零落飘散在池塘上。秋芙拾起花瓣拼成了字，还作成《谒金门》一词，词中说："春过半，花命也如春短。一夜落红吹渐满，风狂春不管。""春"字还没摆好，一阵东风忽然吹来，把花瓣吹乱，飘散满地，秋芙十分惆怅。我说："这真是'风狂春不管'啊！"两人相视一笑，也就罢了。

我过去养过一只绿鹦鹉，名叫"翠娘"，一喊它的名字，它就会答应。所背诵的诗句，一向都是侍女秀绢教它的。秀绢出嫁后，翠娘就常常不能按时按点地得到食物和水，渐渐地憔悴了。有一天，我起床后正在洗漱，听到帘外有人细语的声音，恍惚间像是秀绢在说话，我吃惊地出去一看，原来是翠娘。秀绢已经走了几个月了，翠娘如果有知，也会怀念教它背诗的人吗？

秋芙经常对我说：“人生百年，睡觉的时间占了一半，忧愁生病的时间占了一半，自顾不暇的幼年老年又占了一半，所剩下来的，大概就只有十分之一二吧；况且，我们这些蒲柳一般体弱多病的人，未必能享百年之寿！庾兰成（庾信）说：‘一月之中欢乐的时光，只有四五六天。’想来也是自我宽解的话吧。”这番话说得是很实在的。

我一生没有过百里以上的旅行。甲辰年，我到曹娥江办事，当时秋芙患上了寒症，我想要更改行程日期，但行李已经提前发出，船夫也在催我出发。夜晚我渡过钱塘江时，刮起了飓风，对岸那些越地的山峰，都仿佛垂首低眉，一副郁郁寡欢相对而立的样子。我回想起唐代诗人王勃在《滕王阁序》中写道：“天高地迥，觉宇宙之无穷；兴尽悲来，识盈虚之有数。”更觉得在苍茫天地之间，不知自己该安住何处。明亮的银河流动在天际，两岸人家的灯火荧荧闪亮，我酒醒时已经五更左右了。想叫人帮我添一件衣服，但罗帐静静垂挂着，四周无人答应，睁眼看看，才明白自己原来还睡在船舱中。

秋夜月色正美之时，秋芙让小丫鬟带上琴，泛舟于两湖之间的荷花丛中。当时我正从西溪回家，到家时，秋芙已出门了，因而我雇了一条瓜皮船追寻她的踪迹，最终在苏堤第二桥下和她相遇。秋芙正在弹奏《汉宫秋怨》，我敞开胸怀倾听着。当时，四周的山峦沉落于渺渺的烟雾里，星星和月亮倒映在湖水之中，琴声像玉器一般交杂鸣响着，竟不知是天风的声音还是环珮的声音。琴声还没结束，船头已靠近漪园南岸了，我们就去白云庵叩门拜访。白云庵的师太和我们是老相识了，她请我们坐下，自己便去采池中的新鲜莲子，做莲子羹招待我们。莲子羹色香俱全，十分清冽，足以沁人肺腑，和世间的腥膻之味比起来，何止是薰莸之别。回船时我们在段家桥登岸，在地上铺了一张竹席，坐着闲聊了很久。此时听见城中的喧嚣之声，如苍蝇在耳边乱飞，嘤嘤嗡嗡，让人烦躁。桥上的石柱，我去年曾在上面题诗，近来被蚌壳剥蚀，已看不到字迹了。我想重写上去，却苦于没有合适的地方。之后，星斗渐渐稀疏，湖上泛起一层白雾，听城头的更鼓之声，已经沉沉地敲到第四遍了，于是我们就带上琴撑船回家了。

余莲村到杭州来游玩，送给我一瓮惠山的泉水。刚好墨僎僧人到天目山讲道，也给我寄来了头纲茶。我用竹炉烹煮了泉水来饮茶，不亚于喝到了如来佛赐给人间的甘露，浑身的毛孔都感到通畅润泽，从此就不再想喝卢仝的七碗茶了。余莲村在我的草堂中住了十几日，我们促膝夜谈，讨论文章，感情深厚，难舍难分。可惜愉快的讨论还没结束，他又为谋生计而离去了。到今天为止，我们二人如地上的树和空中的云一样遥遥相望，已有三年了。我常常回忆起他对吴门诸位文人的评价，他说觉阿僧人的所见所闻都堪称第一。觉阿以知名秀才的身份剃发为僧，修行十年，得到了正法。他在居所周围种植了三百多株梅树，梅花盛开时节，他就在梅树下打坐，禅定结束起身后，间或作些诗文。他写有一首《咏怀诗》，诗里说："自从一见楞严后，不读人间糠粕书。"过去简斋老人谈论《华严经》说："这经书文章的意思像是一桶水，倒过来倒过去。"这岂止是不能理解《华严经》，简直就是没有看过《华严经》。那他和觉阿僧人相比，也是天地之别了！可惜我没有见到《咏怀诗》的全文，非常遗憾。听说余莲村最近客居于江苏毗陵，空闲时我应当写一封书信去问候他一番。

夜里听到风雨之声，枕席之间渐渐有了凉意。秋芙正在卸晚妆，我坐在书案旁，编写《百花图记》还不到一半，几次听到窗外有黄叶被风吹落在窗下的声响。秋芙对着镜子吟道："昨日胜今日，今年老去年。"我怅然道："人生不满百年，哪能再为他人伤感落泪？"就搁笔不再继续。夜深了，秋芙想喝点水，陶吊里尚有丝丝暖意，灶里却已没有炉火，想叫小丫鬟来，她们却都在屋里蒙头大睡，被梦神趾离召去很久了。我把几案上的灯分了一盏放在灶里，温了一碗莲子汤给秋芙喝。秋芙患肺病已十年了，深秋时节总是咳嗽，必须要把枕头垫得很高才能熟睡。今年她体力稍稍强了一些，常常与我相对而坐，一直待到深夜，是不是调理睡眠饮食的结果呢？但现在才入秋没几天，不知道到了八九月份会是怎么样的光景。

我为秋芙做了一件画满了梅花的衣服，穿上之后全身都是香雪梅花，远远望去，好像是仙子萼绿华翩然降临于尘世。每到暮春时分，她凭栏而立，蝴蝶就会围绕在她鬓边翩翩起舞，竟不知道春天已经过去了。

扫地焚香，是佛教的教义之一，不过，要是这样做就可以成佛，那么主持寺院的一众僧徒，早就已经占满了西方的极乐世界了。秋芙天性喜欢干净，地上略有一点尘土，她都必须要亲自去打扫。我给她举出王栖云的一道偈语，说："日日扫地上，越扫越不净。若要地上净，撇却苕帚柄。"秋芙到底还是不能领悟。秋芙的辩才比我好上十倍，她执着于此，实在是因为一直以来的习惯。

我在湖滨居住了十年，父母每月给我几十两银子，资助我度日。我因为花费无度，常常落到困窘的地步。夏天的葛衣，冬天的裘皮，总是一边典当一边赎回，箱子里常年空空如也。我曾写诗给秋芙，说："一寒至此怜张禄，再拥无由惜谢耽。箧为频搜卿有意，裈犹可挂我何惭。"写的都是实情。

丁未年的冬天，伊少沂县令要到最北方去考察，我在草堂为他饯行，参加聚会的有二十多人。酒后，李山樵弹琴，吴康甫写书法大字，吴乙杉、杨渚白、钱文涛分别在四壁上作画，剩下的人或者通过抓阄限韵的方式来赋诗，或一边清谈一边品茶。只有施庭午、田望南、家宾梅等十几个人，蹲在地上赌酒猜霸王拳，狂饮大叫，喝了几十杯还不罢休。这天晚上，风清月明，我准备留大家喝个通宵。点上灯后，洗过杯盏，添上新酒，没喝上几轮，再叫上酒却久久不上，我惊讶地问秋芙，她说："家里的存酒都喝光了，床头只剩下几十个铜钱。我摘下玉钏去换酒，酒家不知道是真品还是赝品，现在拿到当铺去典卖。不过当铺离集市很远，故而到现在还没有回来呢。"我为此吟诵元稹的诗句“泥他沽酒拔金钗”，我们相对怅然。这次聚会中，我们得诗作数十篇，酒喝了八九坛，几年来以酒席会文友的乐趣，以这一次最为丰厚。从此以后，友人们之间远隔天涯海角，就像云朵和浮萍一样时聚时散，我和秋芙也被凡俗琐事所羁绊，不能经常外出到名山大川间游览了。

秋芙素来不擅长作词，回忆她当初所作的《菩萨蛮》中有一句：“莫道铁为肠，铁肠今也伤。”句子立意新颖，毫无刻板呆滞的毛病。之后我到山阴游历，秋芙作了《洞仙歌》一词寄给我，文风品格深沉稳重，毫无瑕疵，我这才开始惊讶她的进步之快。回去以后我要来她的近作观看，居然都很值得一读，才真正明白了所谓“士别三日，当刮目相看”的道理，秋芙不再是过去的秋芙了。过去瑶花仙史曾降乩于巢园，说秋芙是昙阳仙子的后身，从她的辩才来看，这个说法似乎也很可信。加上她吃斋近二十年，《楞严经》《法华经》又烂熟于心地背诵了上千卷，心思静定就能生发智慧，就连一个手势、半句偈语她都能一看就明白，何况是这样简单的文字呢？过去有人说“书到今生读已迟”，从秋芙身上，我就能相信这句话了。

从秦亭山往西走二十里，有个地方叫西溪，我家的槐眉庄园就在那里。沿着溪流向西，溪岸边长满了芦苇，秋风一起，芦花像雪花一样在晴朗的天空下满滩飘飞，水波荡漾，苇花弥漫，上下天光，如同一色。在芦花荡的深处，有几间精美的佛寺，用以供奉僧人，名叫“云章阁”。云章阁离庄园有一里多路，中间隔着曲折的水涧溪流，必须乘船过去。当时有个名叫“佛缘”的僧人住在华坞∴斋，传说他在恪守戒律这方面对自己的要求尤其精准严格，还能预知未来之事。乙巳年的秋天，我带着秋芙去拜访他，向他请教坐禅清修的要义，他装聋作哑，鼻孔朝天，叫人看了忍不住想笑。当时才下过一场雪，天空放晴，堂下的绿梅初初盛开，仿佛在红尘中做了个梦刚刚醒来，盛开的姿态如女子微露玉齿，巧笑倩兮。秋芙又约我到永兴寺去游玩，于是我与她登上二雪堂，观看了汪端夫人的方佩、书法和篆刻。我们还坐在溪边，寻找炙背鱼、翦尾螺，这都是济公法师留下的名胜古迹。第二天我们又游历了交芦、秋雪等古刹，寺院的僧人招待我们喝了松萝茶，并请我们在《交芦雅集图》这幅画卷上题字留念。坐船回去时，夕阳已经落近山边，声声晚钟也似在催促归家晚饭。忽然变凉的秋风吹拂着溪水，波光粼粼，宛如绉纱。秋芙当时穿的是件薄棉衣，看上去有点怕冷，我便脱下坎肩披在她身上。半夜时分到了庄里，狗叫着前来迎接，我回头望望隔岸的渔火，当时的情景完全不输于孟浩然《夜归鹿门歌》那首诗中所描绘的样子。回家之后，秋芙一定要我作游记诗，于是我和她一起挑灯执笔，不知不觉，天就亮了。

秋芙有一幅伫立于瑶琴前、月光下的画像，我把它悬挂在卧室里，每天用沉香供养。有一次她要回娘家，对我开玩笑说：“你孤身一人，夜窗之下，不免寂寞，我把这幅小像留下来陪伴你，你要焚香酬谢。不要把它锁在空房中，让美人有秋扇见捐的悲叹。”

早晨我路经一位女子家，窗户帘栊还没打开，隐约听得仓琅一声，好像是梳篦掉到了地上，重重帘帷之中，有女子刚刚梳罢晓妆。当时清晨的阳光已经照进房间，日影又把她娉婷的身形映在窗户纸上，她的发髻就像细腻的云缕般盘绕在头上，光滑得可以当镜子照。我想起元稹在诗中说：“水晶帘底看梳头。”原来古人早在当时，就已先于我消受这一等眼福了。

关家和蒋家原本就是表亲。我未订婚之前，秋芙曾经到我家来，和我一起嬉戏玩耍，像古诗里说的“郎骑竹马来，绕床弄青梅”那样，两小无猜。丁亥年大年初一之夜，秋芙一家来拜年，我们在堂前相见。秋芙穿着一件葵绿色的衣服，我则穿着一件银红色的绣袍，两个人身量相当，并肩齐眉。张情齐老伯当时也住在巢园，他对我父母说：“这好儿好女简直是天生一对。”我们的父母就有了缔结婚约之意。过了几个月，巢园里牡丹盛开，父母邀请亲戚朋友，设酒宴于花下。秋芙也随着她的父亲来了。酒宴散后，秋芙把筵席上的果脯收起来，藏在手帕里。我去夺，秋芙说：“我要把它们拿回去，不给你吃。”我开玩笑地解下所系的汗巾，说：“我拿这个把你绑起来，看你回不回得去？”秋芙吓得哭了起来，直到奶妈来把她带走才平息。大人们看了这情形都笑了。他们请了俞霞轩先生做媒人，就在筵席上为我俩订了婚。此后几年，我们再也没见过。因为蒋家和关家世代都有姻亲关系，年关之际父母仍旧带着我到秋芙家去拜年，所以我到关家虽然很少，但也不是完全不去。记得壬辰年新春，我到秋芙家去，进门时看到一个穿青衣的小丫鬟，正扶着一个美貌少女上车而去。不一会儿，就听到车厢里传来银铃般的笑声，这才知道出门的人就是秋芙。又有一年，圜桥的科考临近，秋芙的父亲邀集同道中人谈论文章，意在考察女婿。他在后堂摆了酒席，我坐在最后一排的座位上。恍惚听到湘帘后面有钗环玉佩相互碰撞的声音，也不知道其中是否有秋芙。还有一年，我在街市上行走，忽然，隆隆车声之中，有一辆车的帘子飞快地卷了起来，里面有个佳人，一直注视着我仔细打量。最后那辆车里坐着的人好像是秋芙的母亲，那么我想卷帘人就是她膝前的娇女秋芙了。又有一年，我考中了弟子员，父母让我去拜见岳父母。我在庭前遇到秋芙，她围着貂绒围领，站在蜡梅花树下。忽然听到银带钩响了一声，她便像惊鸿一样消失得无影无踪了。从定亲到迎亲共有十五年时间，我们见过五次，等到婚礼筵席前，洞房花烛下，才发现秋芙那生着酒窝的双颊，已不像过去那样丰满了。现在离结婚时又有十年了，我和秋芙两鬓都有了白发，不知几年之后，又会怎样呢？这飘飘忽忽的前尘往事，如沧桑旧梦，如一场大醉，不知问问秋芙，她还能记起此间的一两桩事情吗？

秋芙说："元稹《长庆集》里的诗，就像是尘土做成的饭菜，食客都不知其味。只有悼念亡妻的《遣悲怀》三首，一字一句都像含着泪水，没有堕入浮华艳丽的恶习之中。"我说："未必他没有像宋之问对待刘希夷（传说宋之问为了霸占刘希夷的诗句将其杀害）那样去窃取别人的诗作。不然的话，元稹这样一个轻薄小人，怎么能写出这样铭心刻骨的深情诗篇呢？”

读《述异记》，里面说“龙在深渊中睡觉，下巴上的珠子被虞人偷去了，龙醒后伤心而死”，我不禁为之叹息，秋芙在一边说：“这就是龙的罪过了。下巴上既然有宝珠，就应该知道珍爱保护；既然没能保护好而被人偷走了，就应该呼风唤雨，与虞人在江湖上作一番较量，龙珠或许还能夺回来；而这条龙却以身殉珠，龙死了，龙珠落在虞人手中，永远没有归还的一天了。你说这龙能算是真正爱珠的吗？”我沉默了好一会儿，说：“想不到秋芙能就此作一番议论，真是让我大为惊奇。”

葛林园是从前招贤寺的遗址，有几处可以俯瞰竹林山石的水榭。水榭下边有个池塘，池塘上横架着短短的独木桥，池边有一株凌霄花，藤蔓蜿蜒而上，相传是唐宋时代种植的。诗僧半颠和他的师傅破林，已经在这里居住了几十年了。己酉年的初夏，洪涝积水成灾，我居住的草堂成了一片沼泽。半颠写信招我过去，于是我和秋芙就到他那里去借住。这时，街市上的积水深得都可以划船了，平时来往的朋友也都断绝了音信。我每天和半颠谈禅，间或喝酒作诗，悠然度日，几乎忘记了人间岁月。听说岳飞墓那边有素馅包子卖，我就每天叫打着赤脚的婢女拿钱去买。我们吃饱了之后，就分出一些喂池塘中的鱼儿们。有一次秋芙站起后扶靠着水榭边的栏杆，发间插着的翠簪不小心掉进了水里，水面荡漾起了几圈波纹，就再也追踪不到簪子的踪迹了，只有簪上所插的素馨花，还在水波上面漂浮。池塘附近是梁姓人家守墓用的屋子，屋子西门边一直长着很深很密的野草。屋子里住着梁家同族兄弟的几个儿子，他们总是从寺里进出。梁家有个不肖的弟弟，毫无才能很不成器。我在那里住了一个多月，他们兄弟在家争吵的声音从未停止过。有一天，我在池塘边行走，听到了敲门声。当时寺里的僧人都去吃午饭去了，我就去开门。看见一个戴毡笠穿布衣的人，问梁某在不在，我就给他指了指梁家所在的位置。这个人就进了梁家的屋子，我也关上了门。半颠知道了这件事，见到梁家的兄长，就问他来人说了什么，梁家兄长说："没有这件事啊。"我们和他一起在屋子里到处寻找，也没找到刚才那人。只有东边小楼的房门锁得很是坚牢，我们破窗而入，看见梁家的弟弟已经吊死在床上了，这才知道敲门的人原来是吊死鬼！自此以后这里一直有鬼的声音，经常是从夜里一直响到天明，梁家人心里害怕，就搬走了。我和秋芙虽然倚仗着《楞严经》护卫之力，但阴气逼人，终究难以久住。而且那时候积水已经退去，我们很快也就回到了草堂，后来听说半颠也去南屏山住了。我又有好几年没有经过那个寺庙了，不知近来那所小楼里，还有没有人居住？

晚上我睡不着觉，就和秋芙一起谈论古往今来的人才，一直谈到了韩擒虎。我说："韩擒虎生前是高级统帅，死后又当上了阎罗王，这也算是非常侥幸的一件事了。"秋芙笑着说："只是被韩擒虎杀掉的张丽华等人，他们的冤屈，无处申诉控告，怎么办呢？”

我的父母晚年多病，我和秋芙修筑了一个祭坛，为他们忏悔、祈祷，诵《玉皇忏》七七四十九日。秋芙作了篇骈体疏文，辞藻华美，含义深奥，可惜手稿没有保存好，我也记不清了。当时秋风正好，插在瓶中的黄菊越开越美。夜深时，钟磬悠悠一响，万籁俱寂。沉沉的烟雾笼罩着四野，我俩恍然感到天上的上清宫阙就在眼前，忘记此身尚且还在人世间了。

秋芙所种的芭蕉，叶子已经非常宽大，投下了一片绿荫，甚至遮蔽了室内的帘幕。秋天到来之际，风吹细雨，淅淅沥沥地敲打着芭蕉叶，在枕上听来，让人心碎。有一天，我在芭蕉上戏谑地题了一句诗：“是谁多事种芭蕉，早也潇潇，晚也潇潇。”第二天看见芭蕉叶上续了几行字：“是君心绪太无聊，种了芭蕉，又怨芭蕉。”字体柔媚，是秋芙的戏笔，但我却从这几句诗词中悟到了很深的道理。

我们春夜扶乩，瑶花仙史降临祭坛，写下了一首《双红豆》，词中说道：

风丝丝，雨丝丝，谁使花粘蛛网丝？春光留一丝。
烟丝丝，柳丝丝，侬与红蚕同有丝。蚕丝侬鬓丝。

又写了一首《贺新凉》赠予秋芙，词中说道：

久未城西过。料如今、夕阳楼畔，芭蕉新大。日日东风吹暮雨，闻道病愁无那。况几日妆台梳裹。纸薄衫儿寒易中，算相宜还是摊衾卧。切莫向，夜深坐。

西池已谢桃花朵。恁青鸾、天天来去，书儿无个。一卷楞严应读遍，能否情禅参破？问归计甚时才可？双凤归来星月下，好细斟元碧相称贺。须预报，玉楼我。

甲辰年时，瑶花仙史也曾在草堂降下预言，指点我们服食金丹返老还童之道，所以词中有“久未城西过”这样的句子。

我记起戊申年的秋天，曾寄给秋芙一首七言古诗，诗中说：

干萤冷贴屏风死，秋逼兰釭落花紫。
满床风雨不成眠，有人剪烛中宵起。
风雨秋凉玉簟知，镜台钗股最相思。
伤心独忆闺中妇，应是残灯拥髻时。
髻影飘萧同卧病，中间两接红鲂信。
病热曾云甘蔗良，心忪或藉浮瓜镇。
夜半传闻还织素，锦诗渐满回文数。
可怜玉臂岂禁寒，连波只悔从前错。
从前听雨芙蓉室，同衾忆汝初来日。
才见何郎卺合双，便疑司马心非一。
鸿庑牛衣感最深，春衣典后况无金。
六年费汝金钗力，买得萧郎薄幸心。
薄幸明知难自避，脱舆未免参人议。

或有珠期浦口还，何曾剑忍微时弃。
端赖鸳鸯壶内语，疏狂尚为鲰生恕。
无端乞我卖薪钱，明朝便决归宁去。
去日青荷初卷叶，罗衣曾记箱中叠。
一年容易到秋风，渡江又阻归来楫。
我似齐纨易弃捐，怀中冷暖仗人怜。
名争蜗角难言胜，命比蚕缣岂久坚。
莫为机丝曾有故，蛾眉何人能持护？
门前但看合欢花，也须各有归根树。
树犹如此我何堪，近信无由绮阁探。
拥到兰衾应忆我，半窗残梦雨声参。
雨声入夜生惆怅，两家红烛昏罗帐。
一例悲欢各自听，楚魂来去芭蕉上。
芭蕉叶大近窗楹，枕上秋天不肯明。
明日谢家堂下过，入门预想绣鞋声。

这篇诗稿我丢失了长达十年之久，有一天躺在床上忽然回忆起来，就起来提笔重新写出，恍恍惚惚，就像在梦中一样。

夜晚，我听到纺织娘的鸣叫声，觉得胸中有一团伤秋的心气，忽然想起宋玉悲秋的《九辩》，便敲着枕头大声朗读。秋芙在阁楼中更衣，好半天都没出来。听到我喊她，她才走过来，眉角眼梢都是伤感。我问她为什么如此，秋芙说：“‘悲莫悲兮生别离’，怎么能让我听到这种诗句呢？”我安慰她说：“人与人之间的因缘、离合，从来都是没有定数的。我和你早就皈依佛教，绝对不会对其他事物好奇。就是将来死后到了九莲台，也不会离别分开，那你何必要作这种对自身无益的悲叹呢？过去，锻金师因为动了一个念头，就缔结了九十多劫的姻缘，何况我和你呢？”秋芙点头表示同意，然而她脸颊上的脂粉已被眼泪打湿弄花，我也就不再继续读了。

秋芙收藏了一根书尺，是吴黟山送的。它长一尺多，宽二寸多。相传是乾隆壬子年间，泰山上的一棵汉代古柏突然生火自燃，钱塘高迈庵从灰烬中拣出了一小段未烧尽的柏木，做成了书尺，还刻上了一段铭文。铭文写道：“汉朝虽然已经过去了，但这棵柏树却有灵气。它坚固而多节，蕴藏着千秋万载的精华。经历了这样一场大火劫难，它倒没有被烧尽，被做成书尺得以和书卷相伴。当夕阳照进茅舍竹篱，它和焦桐古琴会一并受到主人的珍爱。”

打开窗户，遥望月亮，只见霜天浩荡，一片寂静，因此记起去年的这个晚上，我和秋芙一起去巢居阁游玩，那时月儿斜挂于夜空，月色朦胧，远处水光浩渺氤氲，上下一色，碧蓝如洗，逶迤千里，无边无际。我俩一起登上补梅亭，品茶夜谈，兴致超脱而又闲逸。秋芙摘下了一朵梅花插在鬓间的翠翘上，却被廊檐下一根弯曲的梅枝钩住，又掉了，我又从枝上为她摘花补上。如今补梅亭就快倒塌了，花木荒芜，只是月亮有情，还在孤山丛林之间来来往往地升起又落下。

秋芙喜欢下棋，但棋艺不是很好，每晚她都要硬拉我下棋，有时一直下到天明。我拿《竹垞词》里的话来调侃她："掷钱斗草都已经输了，请问你今宵拿什么来偿还我？"秋芙就拿话掩饰说："你以为我赢不了你吗？请让我用所佩带的玉虎作为赌注。"下了几十个子，秋芙的棋局渐呈输势，她故意把膝上卧的小狗送到棋盘上搅乱棋局。我笑着说："你这是把自己比作杨玉环吗？"秋芙笑而不语。但烛光照耀之下，她的脸已经红了。从此以后她再不下棋。

去年春天燕子来得比较迟，帘外的桃花，已经谢落了大半。深夜时分，燕巢的泥忽然掉了一部分，雏燕随之掉到了地上。秋芙害怕雏燕被狗抓走，急忙把它收了起来，并且把竹片钉在梁上，以接住燕巢为之加固。今年燕子又来了，去年的旧巢还在，燕子绕着屋子呢喃啁啾，是依然记得去年保护小燕子的那个人吧？

我们同里的邻居沈湘涛夫人跟秋芙很要好，曾把她所写的诗词拿来叫秋芙删改校定。其中有一句是："却喜近来归佛后，清才渐觉不如前。"我由此想到以前看见过朱莲卿的诗中有"却喜今年身稍健，相逢常得笑颜生"的句子。两个"喜"字用法不同，却都沉痛至极。莲卿近日得了消渴症，两个月都没能起床，秋风凄冷，不知他的寒衣准备好了没有？

月光投射在窗纸上，忽然幻化出了无数个"人"字，我这就能知道，这是堂下高高的竹丛所映射出的竹叶影子。记得我们以前住在槐眉庄时，庄前种了好几片竹子。嫩笋刚长出来，秋芙就让秀绢用鸦嘴锄挖出几筐，跟咸菜一起煮，香气扑鼻，味道鲜美，一点都不比廷秀《煮笋经》里写到的差。秀绢出嫁好几年了，就像是竹子生出了竹笋一样，她也已经有了自己的孩子。只有我到老都守在山谷之中，面容已经不像从前，如果竹子能够理解人世间的事，会不会笑话我呢？

虎跑泉上有几株倒伏在石头上的桂花树，开花时台阶上像是落满了黄色的雪花，在其中行走犹如游历于天香国里，花香怡人。我素来有爱花成癖的名声，常常与秋芙在花下煮茶品评。秋芙折了桂花插在鬓间，额头的刘海被树枝弄乱了，我蘸了些泉水为她抹平。我们临走时折了好几枝桂花，插在车背上，带回城里去，让城里人也知道新秋来临的消息。近来听说寺里的僧人们又种植了几株桂树，可以想象那金粟般开满枝头的桂花，一定能给寺中的如来佛增色不少。秋风已经相距不远，早晚会有花信传来，花神如果在天有灵，也会想起去年看花的人吧？

宾梅在我家草堂中住宿，夜漏三更，听到邻居家里失火，就急忙率领仆人去救火。到了门口，火已经扑灭了。只听到空中有个声音说道："今天若不是有一位大有力量的人物住在这里，这个地方差不多会化为焦土。"说完，两位道人、一位僧人自天而降。一位道人戴着莲花冠，穿着绣蟠龙蝙蝠的袍子。另一位面如冠玉、胡须很长，衣服、帽子都是金黄色的。僧人跟在道人们后面，看起来有几分呆痴木讷。戴莲花冠的道人说："我的名字叫证若，住在青城赤水之间，到这里来拜访蒋居士。"他与长须道人甩着拂尘唱着歌，歌词长达几千字，来不及都记下。

只记得最后一句说：“只回来巧递了云英密信，那裴航痴了心，何时得醒？若不早回头，累我飞升。醒，醒，醒，明日阴晴难信。”唱完歌，就消失了。宾梅急忙赶过去一看，只见星月明亮，照着房间，室内灯火昏昏，只听到几声风吹落叶的动静，原来是大梦初醒。天亮之后，宾梅把这个梦讲给我听。我说：“我们家不杀生已有几十年，修道也有六七年了，如今已感到有些得道，但还缺少返老还童的秘诀。难道是仙师垂怜我们这些凡间的愚人，到此来现身说法吗？”歌中唱到了“云英”，难道是因为我还耽于男女情爱，不能解开情感的缠缚，而讽劝警戒我吗？当时我和秋芙正在修习《陀罗尼经》，都拜忏了好几个月了，所谓僧人，莫非是观音菩萨的化身，寻着我们的声音从西方天竺国来的吗？

秋芙生病了，住在娘家六十多天。仆人们陪伴侍候她，大都感到劳累疲惫。能够日夜不歇地去照顾她的人，只有我和她的妹妹侣琼。我回家时，侣琼就代替我照料她，每件事都一定要亲自去办，在照顾病人这件事上，我靠着侣琼的帮助得到了暂时的休息。侣琼照顾秋芙固然是出于姐妹情谊，然而在这种患难时刻，她为什么能以苦为乐，却连她自己也不知道原因。秋芙生来就用情深重，病中尤其为情所困。我一回来，她总是派人把我喊去，等我到了面前，她却也没什么话说。侣琼拿这件事问她，秋芙说：“我的生命像悬丝一样，自己预料难以再支撑下去了，恐怕在仓促之间不能和他诀别，他来了，我就可以放心地去了。”我听了这些话，起初感到非常痛苦，后来又想到，秋芙念佛已有二十年，发誓要升天成仙，但看她现在的这个心念，恐怕将来她依旧不能免于堕入轮回。想要彻底地放下，真的是很不容易的。

秋夜很长，我和秋芙的妹妹珮琪下围棋，下了三盘，败了三盘。想到我平素自负棋艺高超，从来不服气任何人，而珮琪还不到十五岁，有如此造诣，大概是上天授予她的技能吧？珮琪性情安静沉默，有林中隐士般超凡脱俗的气质，写字作诗，无不精通。她自己说前身是从上清宫来的。我看她神情清冷、骨骼高洁的样子，确实像是不食人间烟火的人。如今我不和她对弈好几年了，她下棋的技艺应该比以前更精进了吧。有朝一日我再去她家和她棋局对阵，我应当像楚国司马公子侧那样重整兵马再战一番，以雪当年的城下之耻。

我踏着月色回到家，秋芙正在灯下与几个姐妹一起掷骰子玩。席间有个女子掷了一个“全六”，我为她戏作《卜算子》一首，词中说：

妆阁夜呼卢，钗影阑干背。六个骰儿六个窝，到底都成对。

借问阿谁赢，莫是青溪妹？赚得回头一顾无，试报说金钗坠。

秋芙看后笑道：“你写出这样绮丽的情词，就不怕因为唐突佳人被鬼王王方平鞭打后背吗？”

近来我作的一首小词里有一句:“不是绣衾孤,新来梦也无。”又作了一首《买陂塘》，后半阕说道：“中门掩，更念荀郎忧困，玉瓯莲子亲进。无端别了秦楼去，食性何人猜准。闲抚鬓，看半载相思，又及三春尽。前期未稳，怕再到兰房，剪灯私语，做梦也无分。”刚好宾梅拿来一把纨扇嘱托我题字，我就开玩笑地写了这首词。宾梅看了笑着说：“为什么‘做梦也无分’？”秋芙笑道：“大概是因为‘新来梦也无’吧。”我们都大笑绝倒。

甲辰年秋天，朋友邀我同游月湖。夜深之时我被秋风霜露所侵。第二天又到吴山笙鹤楼聚会，醉酒后又遭遇风寒。回家后就发了寒热病，差点丧命，靠着扶乩得来的药方，才又重新活过来。一年后的丙午年，我发了背疽，紧接着又得了痁疾。那时正好临近秋试，我抱病登车赶考，还没到考场，病得就像已经死了三次了。随从的仆人把我抬回来，过了一个月病才好转。己酉年夏天，我患上痢疾的同时又害了疮，在床上趴了三个月，比剥皮还疼。六年之中，我重病了三次，秋芙不断地侍候病中的我，都来不及换衣服。她这样娇弱的身体，哪能经得起如此劳累？所以我病了三场，秋芙也病了三场。我生性疏懒，自从己酉年父母病故守丧以来，我已心灰意冷，不想再出山求官了。只是顾念到父母尚未葬入墓地，弟弟年龄大了还没有完婚，是我平生还没了却的心愿。但父母生前已造好了墓穴，只需占卜选择吉日便可安葬。弟弟蒋增已经二十岁了，我家在靠近城郭的地方有几顷田地，也足够他自给自足耕种度日的。几年之后，我想和秋芙在华坞河的小岛上修盖一所房子，晨钟暮鼓，拜佛念经，忏除智慧的业缘。等我们死后，应该会一起前往西方极乐世界，见到阿弥陀佛，听他讲授无生之法。就算以后再度堕入人间，我们也愿世世永为夫妇。明天是如来佛祖的涅槃之日，应当持着这份誓言，在佛前请他为我们做见证。

《秋灯琐忆》原文

作者简介：

蒋坦（约 1818- 约 1863），字平伯，号蔼卿，浙江钱塘人。

出身秀才，擅长书法。道光二十三年与表妹关瑛（关秋芙）成婚。咸丰十一年，太平军攻打杭州，蒋坦前往慈溪避祸，投靠朋友，后又回钱塘，不久饿死。

著有《息影庵初存诗集》及《百合词》二卷、《夕阳红半楼词》二卷、《秋灯琐忆》《息影庵初存诗》《集外诗》《微波集》等。

道光癸卯闰秋，秋芙来归。漏三下，臧获皆寝。秋芙绾堕马髻，衣红绡之衣，灯花影中，欢笑弥畅，历言小年嬉戏之事。渐及诗词，余苦木舌挢不能下，因忆昔年有传闻其《初冬诗》云“雪压层檐重，风欺半臂单”，余初疑为阿翘假托，至是始信。于时桂帐虫飞，倦不成寐。盆中素馨，香气滃然，流袭枕簟。秋芙请联句，以观余才，余亦欲试秋芙之诗，遂欣然诺之。余首赋云：“翠被鸳鸯夜”，秋芙续云：“红云蠛蠓楼。花迎纱幔月”，余次续云：“人觉枕函秋。”犹欲再续，而檐月暖斜，邻钟徐动，户外小鬟已喁喁来促晓妆矣。余乃阁笔而起。

数日不入巢园，阴廊之间，渐有苔色，因感赋二绝云：“一觉红蕤梦，朝来记不真。昨宵风露重，忆否忍寒人？”“镜槛无人拂，房栊久不开。欲言相忆处，户下有青苔。”时秋芙归宁三十五日矣。群季青绫，兴应不浅，亦忆夜深有人，尚徘徊风露下否？

秋芙之琴，半出余授。入秋以来，因病废辍。既起，指法渐疏，强为理习，乃与弹于夕阳红半楼上。调弦既久，高不成音，再调则当五徽而绝。秋芙索上新弦，忽烟雾迷空，窗纸欲黑。下楼视之，知雏鬟不戒，火延幔帷。童仆扑之始灭。乃知猝断之弦，其谶不远，况五，火数也，应徽而绝，琴其语我乎？

秋芙以金盆捣戎葵叶汁，杂于云母之粉，用纸拖染，其色蔚绿，虽澄心之制，无以过之。曾为余录《西湖百咏》，惜为郭季虎携去。季虎为余题《秋林著书图》云："诗成不用苔笺写，笑索兰闺手细钞"，即指此也。秋芙向不工书，自游魏滋伯、吴黟山两丈之门，始学为晋唐格。惜病后目力较差，不能常事笔墨。然间作数字，犹是秀媚可人。

夏夜苦热，秋芙约游理安。甫出门，雷声殷殷，狂飙疾作。仆夫请回车，余以游兴方炽，强趣之行。未及南屏，而黑云四垂，山川瞑合。俄见白光如练，出独秀峰顶，经天丈余，雨下如注，乃止大松树下。雨霁更行，觉竹风骚骚，万翠浓滴，两山如残妆美人，蹙黛垂眉，秀色可餐。余与秋芙且观且行，不知衣袂之既湿也。时月查开士主讲理安寺席，留饭伊蒲，并以所绘白莲画帧见贻。秋芙题诗其上，有"空到色香何有相，若离文字岂能禅"之句。茶话既洽，复由杨梅坞至石屋洞，洞中乱石排拱，几案俨然。秋芙安琴磐磴，鼓《平沙落雁》之操，归云滃然，涧水互答，此时相对，几忘我两人犹生尘世间也。俄而残暑渐收，暝烟四起，回车里许，已月上苏堤杨柳梢矣。是日，屋漏床前，窗户皆湿，童仆以重门锁扃，未获入视。俟归，已蝶帐蠡橱，半为泽国，呼小婢以筠笼熨之，五鼓始睡。

秋芙喜绘牡丹，而下笔颇自矜重。嗣从老友杨渚白游，活色生香，遂入南田之室。时同人中寓余草堂及晨夕过从者，有钱文涛、费子苕、严文樵、焦仲梅诸人，品叶评花，弥日不倦。既而钱去杨死，焦严诸人各归故乡。秋芙亦以盐米事烦，弃置笔墨。惟余纨扇一枚，犹为诸人合画之笔，精神意态，不减当年，暇日观之，不胜宾朋零落之感。

桃花为风雨所摧，零落池上，秋芙拾花瓣砌字，作《谒金门》词云：“春过半，花命也如春短。一夜落红吹渐满，风狂春不管。”“春”字未成，而东风骤来，飘散满地，秋芙怅然。余曰：“此真个‘风狂春不管’矣！”相与一笑而罢。

余旧蓄一绿鹦鹉，字曰“翠娘”，呼之辄应。所诵诗句，向为侍儿秀绢所教。秀绢既嫁，翠娘饮啄常失时，日渐憔悴。一日，余起盥沐，闻帘外作细语声，恍如秀绢声吻，惊起视之，则翠娘也。杨枝去数月矣，翠娘有知，亦忆教诗人否？

秋芙每谓余云：“人生百年，梦寐居半，愁病居半，襁褓垂老之日又居半，所仅存者，十之一二耳；况我辈蒲柳之质，犹未必百年者乎！庾兰成云：‘一月欢娱，得四五六日。’想亦自解语耳。”斯言信然。

平生未作百里游。甲辰娥江之役，秋芙方病寒疾，欲更行期，而行装既发，黄头促我矣。晚渡钱江，飓风大作，隔岸越山，皆低鬟敛眉，郁郁作相对状。因忆子安《滕王阁序》云：“天高地迥，觉宇宙之无穷；兴尽悲来，识盈虚之有数。”殊觉此身茫茫，不知当置何所。明河在天，残灯荧荧，酒醒已五更时矣。欲呼添衣，而罗帐垂垂，四无人应，开眼视之，始知此身犹卧舟中也。

秋月正佳，秋芙命雏鬟负琴，放舟两湖荷芰之间。时余自西溪归，及门，秋芙先出，因买瓜皮迹之，相遇于苏堤第二桥下。秋芙方鼓琴作《汉宫秋怨》曲，余为披襟而听。斯时四山沉烟，星月在水，琤瑽杂鸣，不知天风声环珮声也。琴声未终，船唇已移近漪园南岸矣。因叩白云庵门。庵尼故相识也，坐次，采池中新莲，制羹以进。香色清洌，足沁肠腑，其视世味腥膻，何止薰莸之别。回船至段家桥登岸，施竹簟于地，坐话良久。闻城中尘嚣声，如蝇营营，殊聒人耳。桥上石柱，为去年题诗处，近为蠙衣剥蚀，无复字迹。欲重书之，苦无中书。其时星斗渐稀，湖气横白，听城头更鼓，已沉沉第四通矣，遂携琴刺船而去。

余莲村来游武林，以惠山泉一瓮见饷。适墨僎开士主讲天目山席，亦寄头纲茶来。竹炉烹饮，不啻如来滴水，遍润八万四千毛孔，初不待卢仝七碗也。莲村止余草堂十有余日，剪烛论文，有逾胶漆。惜言欢未终，饥为驱去。树云相望，三年于兹矣。常忆其论吴门诸子诗，极称觉阿开士为闻见第一。觉阿以名秀才剃落佛前，磨砖十年，得正法眼藏。所居种梅三百余本，香雪满时，趺坐其下，禅定既起，间事吟咏。有《咏怀诗》云："自从一见楞严后，不读人间糠粕书。"昔简斋老人论《华严经》云："文义如一桶水，倒来倒去。"不特不解《华严》，直是未见《华严》语。以视觉阿，何止上下床之别耶！惜未见全诗，不胜半偈之憾。闻莲村近客毗陵，暇日当修书问之。

夜来闻风雨声，枕簟渐有凉意。秋芙方卸晚妆，余坐案傍。制《百花图记》未半，闻黄叶数声，吹堕窗下。秋芙顾镜吟曰："昨日胜今日，今年老去年。"余怃然云："生年不满百，安能为他人拭涕！"辄为掷笔。夜深，秋芙思饮，瓦铞温暾，已无余火，欲呼小鬟，皆蒙头户间，为趾离召去久矣。余分案上灯置茶灶间，温莲子汤一瓯饮之。秋芙病肺十年，深秋咳嗽，必高枕始得熟睡。今年体力较强，拥髻相对，常至夜分，殆眠餐调摄之功欤？然入秋犹未数日，未知八九月间更复何如耳。

余为秋芙制梅花画衣，香雪满身，望之如绿萼仙人，翩然尘世。每当春暮，翠袖凭栏，鬓边蝴蝶，犹栩栩然不知东风之既去也。

扫地焚香，喻佛法耳，谓如此即可成佛，则值寺阇黎，已充满极乐国矣。秋芙性爱洁，地有纤尘，必亲事箕帚。余为举王栖云偈云："日日扫地上，越扫越不净。若要地上净，撇却苕帚柄。"秋芙卒不能悟。秋芙辨才十倍于我，执于斯者，良亦积习使然。

余居湖上十年，大人月给数十金，资余盐米。余以挥霍，每至匮乏，夏葛冬裘，递质递赎，敝箧中终岁常空空也。曾赋诗示秋芙云："一寒至此怜张禄，再拥无由惜谢耽。箧为频搜卿有意，裈犹可挂我何惭。"纪实也。

丁未冬，伊少沂大令课最北行，余饯之草堂，来会者二十余人。酒次，李山樵鼓琴，吴康甫作擘窠书，吴乙杉、杨渚白、钱文涛分画四壁，余或拈韵赋诗，清谈瀹茗。惟施庭午、田望南、家宾梅十余人，踞地赌霸王拳，狂饮疾呼，酒尽数十觥不止。是夕，风月正佳，余留诸人为长夜饮。羊灯既上，洗盏更酌，未及数巡，而呼酒不至。讶询秋芙，答云："瓶罍罄矣。床头惟余数十钱，余脱玉钏换酒，酒家不辨真赝，今付质库，去市远，故未至耳。"余为诵元九"泥他沽酒拔金钗"诗，相对怅然。是集得诗数十篇，酒尽八九瓮，数年来文酒之乐，于斯为盛。自此而后，踪迹天涯，云萍聚散，余与秋芙亦以尘事相羁，不能屡为山泽游矣。

秋芙素不工词，忆初作《菩萨蛮》云：“莫道铁为肠，铁肠今也伤。”造意尖新，无板滞之病。其后余游山阴，秋芙制《洞仙歌》见寄，气息深稳，绝无疵颣，余始讶其进境之速。归后索览近作，居然可观，乃知三日之别，固非昔日阿蒙矣。昔瑶花仙史降乩巢园，目秋芙为昙阳后身，观其辨才，似亦可信。加以长斋二十年，《楞严》《法华》熟诵数千卷，定而生慧，一指半偈，犹能言下了悟，况区区文字间乎！昔人谓“书到今生读已迟”，余于秋芙信之矣。

秦亭山西去二十里，地名西溪，余家槐眉庄在焉。缘溪而西，地多芦苇，秋风起时，晴雪满滩，水波弥漫，上下一色。芦花深处，置精蓝数椽，以奉瞿昙，曰“云章阁”。阁去庄里余，复涧回溪，非苇杭不能到也。时有佛缘僧者，居华坞∴斋，相传戒律精严，知未来之事。乙巳秋，余因携秋芙访之，叩以面壁宗旨，如瞆如聋，鼻孔撩天，曷胜失笑。时残雪方晴，堂下绿梅，如尘梦初醒，玉齿粲然。秋芙约为永兴寺游，遂与登二雪堂，观汪夫人方佩书刻。还坐溪上，寻炙背鱼、翦尾螺，皆颠师胜迹。明日更游交芦、秋雪诸刹，寺僧以松萝茶进，并索题《交芦雅集图》卷。回船已夕阳在山，晚钟催饭矣。霜风乍寒，溪上澄波粼粼，作皱縠纹。秋芙时着薄棉，有寒色，余脱半臂拥之。夜半至庄，吠龙迎门，回望隔溪渔火，不减鹿门晚归时也。秋芙强余作游记诗，遂与挑灯命笔，不觉至曙。

秋芙有停琴伫月小影，悬之寝室，日以沈水供之。将归，戏谓余曰：“夜窗孤寂，留以伴君，君当酬以瓣香。无扃置空房，令蛾眉有秋风团扇悲也。”

晓过妇家，窗栊犹闭，微闻仓琅一声，似鸾篦堕地，重帘之中，有人晓妆初就也。时初日在梁，影照窗户，盘盘腻云，光足鉴物，因忆微之诗云：“水晶帘底看梳头”，古人当日，已先我消受眼福。

关、蒋故中表亲。余未聘时，秋芙来余家，绕床弄梅，两无嫌猜。丁亥元夕，秋芙来贺岁，见于堂前。秋芙衣葵绿衣，余着银红绣袍，肩随额齐，钗帽相傍。张情齐丈方居巢园，谓大人曰：“俨然佳儿佳妇。”大人遂有丝罗之意。后数月，巢园鼠姑作花，大人招亲朋，置酒花下。秋芙随严君来。酒次，秋芙收筵上果脯，藏帕中。余夺之，秋芙曰：“余将携归，不汝食也。”余戏解所系巾，曰：“以此缚汝，看汝得归去否？”秋芙惊泣，乳妪携去始解。大人顾之而笑。因倩俞霞轩师为之蹇修，筵上聘定。自后数年，绝不相见。大人以关氏世有姻娅，岁时仍率余往趋谒，故关氏之庭，迹虽疏，未尝绝也。忆壬辰新岁，余往，入门见青衣小鬟，拥一粲姝上车而去。俄闻屏间笑声，乃知出者即为秋芙。又一年，圜桥试近，妻父集同人会文，意在察婿。置酒后堂，余列末座。闻湘帘之中，环玉相触，未知有秋芙在否。又一年，余行市间，忽车雷声中，帘幰疾卷，中有丽人，相注作熟视状。最后一车，似是妻母，意卷帘人即膝前娇女也。又一年，余举弟子员，大人命余晋谒。庭遇秋芙，戴貂茸，立蜜梅花下。俄闻银钩一声，无复鸿影。余自聘及迎，相去凡十五年，五经邂逅，及却扇筵前，剪灯相见，始知颊上双涡，非复旧时丰满矣。今去结缡又复十载，余与秋芙皆鬓有霜色，未知数年而后，更作何状？忽忽前尘，如梦如醉，质之秋芙，亦忆一二否？

秋芙谓：“元九《长庆集》诗，如土饭尘羹，食者不知有味。惟《悼亡》三诗，字字泪痕，不堕浮艳之习。”余曰：“未必不似宋考功于刘希夷事耳。不然，微之轻薄小人，安能为此刻骨语？”

余读《述异记》云“龙眠于渊，颔下之珠，为虞人所得，龙觉而死”，不胜叹息。秋芙从旁语曰：“此龙之罪也。颔下有珠，则宜知宝。既不能宝而为人得，则嘘嚱云雨，与虞人相持江湖之间，珠可还也。而以身殉之，龙则逝矣，而使珠落人手，永无还日，龙岂爱珠者哉？”余默然良久，曰：“不意秋芙亦能作议论，大奇。”

葛林园为招贤寺遗址，有水榭数楹，俯瞰竹石。榭下有池，短彴横架其上。池偏凌霄花一本，藤蔓蜿蜒，相传为唐宋时物，诗僧半颠及其师破林，驻锡于此数十年矣。己酉初夏，积潦成灾，余所居草堂，已为泽国。半颠以书相招，遂与秋芙往借居焉。是时，城市可以行舟，所交宾朋，无不中隔。日与半颠谈禅，间以觞咏，悠悠忽忽，不知人间有岁月矣。闻岳坟卖馂馅馒首，日使赤脚婢数钱买之。瞰食既饱，分饲池鱼。秋芙起拊栏楯，误堕翠簪，水花数圈，杳不能迹，惟簪上所插素馨，漂浮波上而已。池偏为梁氏墓庐，庐西有门，久鞠茂草。庐居梁氏族子数人，出入每由寺中。梁有劣弟，贫乏不材。余居月余，阋墙之声，未歇于耳。一日，余行池上，闻剥啄声。寺僧方散午斋，余为启扉。有毡笠布衣者，问梁某在否，余为指示。其人入梁氏庐，余亦闭门。半颠知之，因见梁，问来者云何，梁曰：“无之。”相与遍索室中，不得。惟东偏小楼，扃闭甚固，破窗而入，其弟已缢死床上矣，乃知叩门者缢死鬼耳！自后鬼语啾啾，夜必达旦，梁以心恇迁去。余与秋芙虽恃《楞严》卫护之力，而阴霾逼人，究难长处。时水潦已退，旋亦移归草堂，嗣闻半颠飞锡南屏。余不过此寺又数年矣，未知近日楼中，尚复有人居住否？

枕上不寐，与秋芙论古今人材，至韩擒虎。余曰："擒虎生为上柱国，死不失为阎罗王，亦侥幸甚矣。"秋芙笑曰："特张嫦娥诸人之冤，无可控告，奈何？"

大人晚年多病，余与秋芙结坛修玉皇忏仪四十九日。秋芙作骈俪疏文，辞义奥艳，惜稿无遗存，不可记忆。维时霜风正秋，瓶中黄菊，渐有佳色。夜深钟磬一鸣，万籁皆伏。沈烟笼罩中，恍觉上清宫阙，即现眼前，不知身在人世间也。

秋芙所种芭蕉，已叶大成阴，荫蔽帘幕。秋来雨风滴沥，枕上闻之，心与俱碎。一日，余戏题断句叶上云："是谁多事种芭蕉，早也潇潇，晚也潇潇。"明日见叶上续书数行云："是君心绪太无聊，种了芭蕉，又怨芭蕉。"字画柔媚，此秋芙戏笔也，然余于此，悟入正复不浅。

春夜扶鸾，瑶花仙史降坛，赋《双红豆》词云："风丝丝，雨丝丝，谁使花粘蛛网丝？春光留一丝。 烟丝丝，柳丝丝，侬与红蚕同有丝。蚕丝侬鬓丝。"又《贺新凉》赠秋芙云："久未城西过。料如今、夕阳楼畔，芭蕉新大。日日东风吹暮雨，闻道病愁无那。况几日妆台梳裹。纸薄衫儿寒易中，算相宜还是摊衾卧。切莫向，夜深坐。 西池已谢桃花朵。恁青鸾、天天来去，书儿无个。一卷楞严应读遍，能否情禅参破？问归计甚时才可？双凤归来星月下，好细斟元碧相称贺。须预报，玉楼我。”甲辰岁，仙史曾降笔草堂，指示金丹还返之道，故有“久未城西过”之语。

忆戊申秋日，寄秋芙七古一首，诗云：“干萤冷贴屏风死，秋逼兰釭落花紫。满床风雨不成眠，有人剪烛中宵起。风雨秋凉玉簟知，镜台钗股最相思。伤心独忆闺中妇，应是残灯拥髻时。髻影飘萧同卧病，中间两接红鲂信。病热曾云甘蔗良，心忪或藉浮瓜镇。夜半传闻还织素，锦诗渐满回文数。可怜玉臂岂禁寒，连波只悔从前错。从前听雨芙蓉室，同衾忆汝初来日。才见何郎叠合双，便疑司马心非一。鸿庑牛衣感最深，春衣典后况无金。六年费汝金钗力，买得萧郎薄幸心。薄幸明知难自避，脱舆未免参人议。或有珠期浦口还，何曾剑忍微时弃。端赖鸳鸯壶内语，疏狂尚为鳏生恕。无端乞我卖薪钱，明朝便决归宁去。去日青荷初卷叶，罗衣曾记箱中叠。一年容易到秋风，渡江又阻归来楫。我似齐纨易弃捐，怀中冷暖仗人怜。名争蜗角难言胜，命比蚕緰岂久坚。莫为机丝曾有故，蛾眉何人能持护？门前但看合欢花，也须各有归根树。树犹如此我何堪，近信无由绮阁探。拥到兰衾应忆我，半窗残梦雨声参。雨声入夜生惆怅，两家红烛昏罗帐。一例悲欢各自听，楚魂来去芭蕉上。芭蕉叶大近窗楹，枕上秋天不肯明。明日谢家堂下过，入门预想绣鞋声。”此稿遗佚十年，枕上忽忆及之，命笔重书，恍惚如梦。

晚来闻络纬声，觉胸中大有秋气。忽忆宋玉悲秋《九辩》，击枕而读。秋芙更衣阁中，良久不出。闻唤始来，眉间有秋色。余问其故，秋芙曰：“悲莫悲兮生别离，何可使我闻之？”余慰之曰："因缘离合，不可定论。余与子久皈觉王，誓无他趣。他日九莲台上，当不更结离恨缘，何作此无益之悲也？昔锻金师以一念之誓，结婚姻九十余劫，况余与子乎？"秋芙唯唯，然颊上粉痕，已为泪花污湿矣。余亦不复卒读。

秋芙藏有书尺，为吴黟山所贻。尺长尺余，阔二寸许。相传乾隆壬子，泰山汉柏出火自焚，钱塘高迈庵拾其烬余，以为书尺，刻铭于上。铭云："汉已往，柏有神。坚多节，含古春。劫灰未烬兮，芸编是亲。然藜比照兮，焦桐共珍。"

开户见月，霜天悄然，因忆去年今夕，与秋芙探梅巢居阁下，斜月暧空，远水渺弥，上下千里，一碧无际，相与登补梅亭，瀹茗夜谈，意兴弥逸。秋芙方戴梅花鬓翘，虬枝在檐，遽为攫去，余为摘枝上花补之。今亭且倾圮，花木荒落，惟姮娥有情，尚往来孤山林麓间耳。

秋芙好棋，而不甚精，每夕必强余手谈，或至达旦。余戏举《竹垞词》云："簸钱斗草已都输，问持底今宵偿我？"秋芙故饰词云："君以我不能胜耶？请以所佩玉虎为赌。"下数十子，棋局渐输，秋芙纵膝上猧儿搅乱棋势。余笑云："子以玉奴自况欤？"秋芙嘿然。而银烛荧荧，已照见桃花上颊矣。自此更不复棋。

去年燕来较迟，帘外桃花，已零落殆半。夜深巢泥忽倾，堕雏于地。秋芙惧为猧儿所攫，急收取之，且为钉竹片于梁，以承其巢。今年燕子复来，故巢犹在，绕屋呢喃，殆犹忆去年护雏人耶？

同里沈湘涛夫人与秋芙友善，曾以所著诗词属为删校。中有句云："却喜近来归佛后，清才渐觉不如前。"因忆前见朱莲卿诗，有“却喜今年身稍健，相逢常得笑颜生”之句。两“喜”字用法不同，各极沉痛。莲卿近得消渴疾，两月未起，霜风在林，未知寒衣曾检点否？

斜月到窗，忽作无数个“人”字，知堂下修篁解箨矣。忆居槐眉庄，庄前种竹数弓。笋泥初出，秋芙命秀绢携鸦嘴锄，劚数筐，煮以盐菜，香味甘美，初不让廷秀《煮笋经》也。秀绢嫁数年，如林中绿衣人得锦绷儿矣。惟余老守谷中，鬓颜非故，此君有知，得无笑人？

虎跑泉上有木樨数株，偃伏石上，花时黄雪满阶，如游天香国中，足怡鼻观。余负花癖，与秋芙常煮茗其下。秋芙拗花簪鬓，额上发为树枝捎乱，余为蘸泉水掠之。临去折花数枝，插车背上，携入城闉，欲人知新秋消息也。近闻寺僧添植数本，金粟世界，定更为如来增色矣。秋风匪遥，早晚应有花信，花神有灵，亦忆去年看花人否？

宾梅宿予草堂，漏三下，闻邻人失火，急率仆从救之。及门，已扑灭矣。惟闻空中语云：“今日非有力人居此，此境几为焦土。”言顷，有二道人与一比丘自天而下。道人戴藕华冠，衣蟠龙蠘蠼之袍。其一玉貌长髯，所衣所冠皆黄金色。比丘踵道人之后，若木若讷。藕冠者曰：“吾名证若，居青城赤水之间，访蒋居士至此。”与长须道人拂尘而歌，歌长数千言，未暇悉记。惟记其末句云：“只回来巧递了云英密信，那裴航痴了心，何时得醒？若不早回头，累我飞升。醒，醒，醒，明日阴晴难信。”歌竟而逝。趋视之，则星月在户，残灯不明，惟闻落叶数声，蘧然一梦觉也。既旦，告予，予曰：“余家断杀数十年，而修鸿宝之道六七载，至今黄蟥飞腾，犹少返还之诀。岂仙师垂悯凡愚，现身说法欤？”歌中曰“云英，云英者，岂以余闺房之缘，未解缠缚，而讽咏示警欤？”时予与秋芙修陀罗尼忏数月矣，所谓比丘者，岂观音化身，寻声自西竺来欤？

秋芙病，居母家八十余日。臧获陪侍，多至疲怠。其昼夜不辍者，仅余与妻妹侣琼耳。余或告归，侣琼以身代予，事必手亲，故药炉病榻之间，予得赖以息肩。侣琼固情笃友于，然当此患难之时，而荼苦能甘，亦不自觉何以至是也。秋芙生负情癖，病中尤为缠缚。余归，必趣人召余，比至，仍无一语。侣琼问之，秋芙曰：“余命如悬丝，自分难续，仓猝恐无以与诀，彼来，余可撒手行耳。”余闻是言，始觉腹痛，继思秋芙念佛二十年，誓赴金台之迎，观此一念，恐异日轮堕人天，秋芙犹未能免。手中梧桐花，放下正自不易耳。

秋夜正长，与妻妹珮琪围棋，三战三北。自念平生此技未肯让人，珮琪年未及笄，所造如此，殆天授耶？珮琪性静默，有林下风，字与诗篇，靡不精晓，自言前身自上清宫来。观其神寒骨清，洵非世间烟火人也。今不与对局数年矣，布算之神，应更倍昔。他日谢家堂上，当效楚子反整师复战，期雪曩年城下之耻。

踏月夜归，秋芙方灯下呼卢。座中有人一掷得六么色，余戏为《卜算子》词云：“妆阁夜呼卢，钗影阑干背。六个骰儿六个窝，到底都成对。借问阿谁赢，莫是青溪妹？赚得回头一顾无，试报说金钗坠。”秋芙见面笑曰：“如此绮语，不虑方平鞭背耶？”

近作小词，有句云：“不是绣衾孤，新来梦也无。”又《买陂塘》后半云：“中门掩，更念荀郎忧困，玉瓯莲子亲进。无端别了秦楼去，食性何人猜准。闲抚鬓，看半载相思，又及三春尽。前期未稳。怕再到兰房，剪灯私语，做梦也无分。”时宾梅以纨扇属书，因戏录之。宾梅见而笑曰：“做梦何以无分？”秋芙笑云：“想‘新来梦也无’耳。”相与绝倒。

甲辰秋，同人招游月湖。夜深为风露所欺。明日复集吴山笙鹤楼，中酒禁寒。归而病热几殆，赖乩示方药，始获再生。越一年，为丙午岁，疽发背间，旋复病疟。方届秋试，扶病登车，未及试院，而魂三逝矣。仆从舁归，匝月始安。己酉之夏，复病疮痢，俯枕三月，痛甚剥肤。六年之间，三堕病劫，秋芙每侍余疾，衣不解带。柔脆之质，岂禁劳瘁，故余三病，而秋芙亦三病也。余生有懒疾，自己酉奉讳以来，火死灰寒，无复出山之想。惟念亲亡未葬，弟长未婚，为生平未了事。然先人生圹久营，所需卜吉。增弟年二十矣，负郭数顷田，足可耕食。数年而后，当与秋芙结庐华坞河渚间，夕梵晨钟，忏除慧业。花开之日，当并见弥陀，听无生之法。即或再堕人天，亦愿世世永为夫妇。明日为如来涅槃日，当持此誓，证明佛前。

附录

贺新凉·秋林著书图蔼卿属赋

关锳

一夜清溪雨。已千山万山黄叶，飘流无主。何况悲秋人寂寞，那不鬓丝成素。算还是青毡抛去。依理丝桐君把钓，尚全家靠得鱼竿住。便鸥鸟，也应许。

人生多被浮名误。念当时、萤飘蠹老，几人词赋。如此葫芦依样画，怎免樵夫笑汝。空赢得尘埋玉树。不及西风枝上叶，到飘零尚有归痕处。君不见，杜陵墓。

作者简介：

关锳（1822—1857），字秋芙，清代女诗人、画家，浙江钱塘（今杭州）人，蒋坦之妻。

著有《梦影楼词》《三十六芙蓉慈存》。

题钱塘蒋蔼卿秀才秋林著书图

李慈铭

尔亦劳劳者，穷年一卷书。
抱残生计拙，好学故人疏。
吴越谁同调，文章正起予。
相怜共无谓，身世老虫鱼。
三径家风在，秋心不可寻。
乱离商著述，寒饿惜光阴。
卷幔碧云合，到门黄叶深。
茂陵长卧病，留取对床吟。

作者简介：

吴慈铭，应为蒋家好友，其生平事迹不详。

蒋蔼卿小传

朱剑芒

坦，字蔼卿，钱塘人，诸生。有《息影庵初存诗集》及《百合词》二卷、《夕阳红半楼词》二卷。先世业盐策，有园亭歌伶之乐。蔼卿生禀异资，弱冠善文章，工书法。配关秋芙，娴倚声，解弹琴，尤喜内典。偕隐家园，联吟礼佛，出则文坛吟社，客满樽盈。别筑枕湖吟馆于水磨头，春秋佳日，游宴极欢。未几，秋芙死，蔼卿为制《秋灯琐忆》，皆幽闺遗事，文极隽雅，视冒辟疆《影梅庵忆语》更过之。杭州辛酉戒严，奔慈溪，依其友王广文景曾。比返，寇又至，以饿殉焉。

作者简介：

朱剑芒（1890—1972），原名长绶，改名慕家，再改为剑芒，字仲康，笔名太赤、古狂等，苏州黎里镇人。

曾考订《陶庵梦忆》，著有《复泉居士诗文集》《剑庐词存》《南社诗话》《我所知道的南社》等。

原序一

魏滋伯

昔读易安居士所为《金石录后序》，赌茶读画，不少敷陈，镜槛书床，可想文采。今观蔼卿茂才《秋灯琐忆》一编，比水绘《影梅》诸作，情事殊科，词笔同美。夫其洞房七夕，始自定情；梵夹三乘，终于偕隐。十年湖上，千诗集中。环阶流水，所居楼台，当户远山，相对屏障。饮渌餐秀，倡妍酬丽。从来徐淑，不仅篇章；自是高柔，无虚爱玩。篑谷晚食，文不独游；莲庄夏清，越乃双笑。闺房之事，有甚画眉；香艳之词，罔恤多口。恐讥麟楥，遂谢鹤书。诗好抱山，词工饮水；偶成小品，首示鄙人。间述闲情，弗删绮语；多生慧业，刹那前尘。顶礼金仙，心香琼馆；更积岁月，重出清新。神仙眷属之羡，当不止如潄玉之所序矣。

咸丰壬子岁六月辛丑立秋日

皋亭山民魏滋伯书于小戆窝

作者简介：

魏谦升（？—1861），字滋伯，晚清时期学者，晚年自号无无居士，仁和（今浙江杭州）人。

九岁能作文，弱冠后名震文坛。尤其擅长书法。著有《三味斋稿》。秋芙向他拜师学作诗。

原序二

王文濡

《秋灯琐忆》，乃钱塘蒋蔼卿之作。序述闺帏韵事，文笔秀雅姿媚，不减冒辟疆之《影梅庵忆语》、沈三白之《浮生六记》。予既得足本《浮生六记》于某氏，翌年，又得此编于冷书摊上，为之狂喜。蒋氏有《息影庵初存诗集》《百合词》，秋芙亦有《梦影楼词》。才子佳耦，真不啻秦嘉之与徐淑云。

民国二十二年六月

吴兴王文濡书于望古遥集楼

作者简介：

王文濡（1867—1935），原名王承治，字均卿，别号学界闲民、天壤王郎等，近代著名学者、国学家，祖籍安徽省广德县。

曾在商务印书馆、中华书局、大东书局、文明书局、进步书局、及国学扶轮社担任编辑、总编辑之职。增补《浮生六记》，重编《增修补注正续历代通鉴辑览》，编有《续古文观止》《明清八大家文钞》《古今说部丛书》《说库》《对联大全》《历代诗文名篇评注读本》等。